装幀／前橋隆道

プロローグ

私は、寂しいときや悲しいとき、その想いを紙に吐き出す。
誰にも見せられない、届かぬ想いをただ綴った。
その時々の感情の破片《かけら》を。

1999.11.16

帰ってしまうあなたに「帰らないで」とすがった。
ううん、嘘。そんなこと臆病な私には無理。
「帰っちゃうの……」これが精いっぱい。
「もう少し、あと少しだけ」と背中に腕をまわし離さなかった。

……玄関の閉まる音は嫌い。

さっきまであなたが着ていた白いバスローブの残り香に顔をうずめ、袖をとおしてベッドに入った。
少しずつ彼の〝匂い〟が消えていく。私から離れてゆく……。

——私は失恋した。

でも、忘れられない。諦められない。その想いは伝えられず執着してゆく。

仕事先で泊るホテルに必ず置いてある白いバスローブ。

ハンガーにかかったそれをなんども抱きしめる。

そこには哀しみだけでなく違う感情が私を襲っていった。

彼が最後に使ったバスローブを長い間洗わなかった。

彼の匂いを失いたくなかったから、外気に触れぬように大切にしまいこむ。

独り寂しい夜には、それを引っ張り出し袖をとおして、ベッドへと潜りこんだ。

「抱いて欲しい……」彼とのセックスを想いだして、そう呟く。

彼の匂いは私の身体を熱くさせ、感情を昂揚《たかぶ》らせた。私の指が彼をなぞる。彼のバスローブに包まれてのマスターベーション。彼ではなく、彼の〝匂い〟に敏感に反応してしまう自分。その密かな行為に私は夢中になっていった。

ことを終え、空しさを残したまま、眠りにつく。

そして、また朝が来る。

いつもそうだ……。


対象にまっすぐに向かうことを恐れ、ごまかそうとしていた。

代わりの何かにすり替え、慰めようとしていた。

私は愛情と共にある嫉妬や憎しみを殺してプライドを保ってきた。


一度吐き出してしまえば二度と読み返すことのなかったノートをひも解いてみたい、と思ったのは彼の白いバスローブがきっかけだった。

いつだって「今日が愉しければいい」と逃げていた私が、この瞬間《とき》、自分の内面を覗いてみたいと思うようになった。これまで書き散らかしてきたさまざまな想いを、ひとつひとつ拾い集めて紡いでみよう——。

でも、それには勇気が必要だ。

プラトニック・セックス

I

「セックスが、そんなに楽しいか」

父が右手でテーブルを叩きつけ、大声で怒鳴った。

さっさと夕食を済ませて、いつものように遊びに行こうとしていた私に向かって、父が突然投げつけた言葉に、家族全員の箸が止まり、一瞬、空気さえも止まった。

母、小学生の弟、私。誰も父に目を合わせようとしない。叩いた勢いで、細長いダイニングテーブルから父の箸だけが、床の上に転がり落ちた。

*

父は、小柄な人だった。

『サザエさん』に出てくる波平さんのヒゲをとったら、父になる。波平さんと違うのは、めったに笑ったことがなく、いつも銀縁眼鏡の奥から、私を監視していたことだ。

小学校低学年のときの通知表を見ると、〃内向的〃と書かれている。授業中、手を挙げることもできず、先生に話しかけられても何も答えられない。すぐ、下を向いて縮こまる。先生が耳を私の口に持っていっても、私の消え入りそうな声は聞き取れなかった。「ああしなさい」「こうしなさい」といわれ続け、できないと怒鳴られ続けた私は、親がいない学校では何もできなくなっていたのだ。余計なことをしたら怒られる。私は、いつも人の目に怯えていた。

父の躾《しつけ》は厳しかった。

例えば、食事中はお茶わん、箸の持ち方に始まり、テーブルにひじをつくと、容赦なく手が飛んできた。もちろん、食事中にテレビを見せてもらったことなんかない。「今日の夕食は何かな」なんて、楽しい想像をしたことすらない。

夕食中は、父と母に向かって、今日一日を報告するのが決まりだった。

父、母、弟二人と私の五人でテーブルを囲み、今日の学校での出来事、勉強のことや先生のこと、お友達のことなどを、両親と話をする。傍目から見れば、よくできた家族。一家団欒《だんらん》の風景。でも、何を喋っても怒られるような気がしていた。学校で縮こまっていた私に、特別に報告するような出来事なんてない。

「今日、学校どうだった」

「別に……」

「何か変わったことはなかったの」

「別に……」

私のいつもの台詞。それだけ口にすると、父と目を合わせないように無言で箸を動かす。

私は食事中に楽しく笑った記憶が少ない。ただ、好きなテレビ番組が見たい一心で、食事はさっさと済ませようと心がけていた。

笑わない父の隣で、口数の少ない母はいつも目を吊り上げていた。母からすれば子どもたちが叱られるということは、遠回しに「お前の教育がなっていない」といわれているようなものだった。

「あなたのためだから、あなたのためだから」

ほんとにそうだろうか。でも、それが母の口癖だった。

着付けの資格を持っていた母は、家ではよく着物を着ていた。父に従い、父のいうままにかしずく母は、世間から見れば理想の妻だ。

でも私にとって、そんな〝理想の妻〟は、〝理想のお母さん〟からはかけ離れていた。母が私に求めていたのは、デキがよくて礼儀正しい〝理想の子ども〟だった。しかし私は決してそんな子どもじゃない。

「あなたのためだから」と繰り返され、学校が終わると、毎日のように習い事。習い事に追われていたとしかいえない日々だった。学習塾、ピアノ、そろばん、公文、習字。父から「姿勢が悪い」といわれ、長刀《なぎなた》を習わされていた時期もあった。日本舞踊も習わされそうになったけど、それは私の必死の抵抗でようやく取りやめになった。

学校から塾。塾が終わると家での気の重い夕食。夕食が済むと母から「あなたのためだから」と、勉強するように仕向けられる。

「私の育て方は間違っていない」

そういって母は一層目を吊り上げる。

父が仕事で遅いときはまだいい。

早く帰ってきているときは、有島武郎の『一房の葡萄』など、小説を渡される。それを声に出して読むように強いられ、本を丸ごと一冊清書させられる。その三十分から一時間の間、決まって父は、私の机の後ろで物差しを持って立っている。勉強部屋には、父が物差しで手のひらを叩く音だけがする。

「背中が丸まっている」

「集中が足りない」

父は何かにつけては物差しを振り上げた。そのたびに私はビクッと体を震わせる。二の腕、手の甲は、いつも赤く腫れ上がっていた。私は監視している父に怒られまいと、ただそれだけを考えていた。

普通、子どもは、親とコミュニケーションを取りたがるものだ。でも私はいつのまにか、厳格な父と、なるべく言葉を交わさないようにと、心がけるようになっていた。

あれは小学校四年生の頃だった。

その頃、どうしても友達と観に行きたい映画があった。たしか、アニメ映画の『白鳥の湖』。どうしても行きたいけど、親にお願いしても絶対に許してもらえない。友達とだけで街に遊びに行くなんてもっての他だった。そんなことはいわゆる不良のすることだった。

でもどうしても行きたい。その衝動を抑えきれずに、内緒で観に行ってしまった。

結局親にばれて、家に戻るなり母からはさんざん説教。父が会社から帰ってくると、父からもこっぴどく叱られて、引っぱたかれた。頬を叩かれる。一回、二回、三回。

「何で行っちゃいけないの」

泣き叫んで抗議するが、応える代わりにまた、手が飛んでくる。涙のおかげで、父の形相も私がいる世界も見えなくなった。叩かれている音だけが聞こえる。

なんで叩かれてるんだろう。それればかり考えていた。

夜、枕に顔を埋めて泣いた。

「絶対、中学生になったら家出する」

心の中で声にならない叫び声をあげた。

＊

「恥かしい。みっともない」

小学校の終わりぐらいになると、父や母の口からはいつもこの言葉ばかり漏れていた。

両親は私のことを考えてくれているんじゃない。世間体を気にしているだけなんだ。しだいに、そう思うようになっていた。

当然のように、中学校に進む年齢に近づいてくると、〝受験〟という二文字がちらつき始める。毎日学習塾に通い、いわれるがままに勉強をした。

両親は、偏差値が六〇以上もあるような私立のお嬢様中学に行かせたがっていた。でも、私は共学に行きたかった。私立の共学といえば、国語、算数、理科、社会の四教科受験。私は受験用に国語、算数の二教科しか勉強していない。私立の共学は、偏差値の高い進学校かそうでないところしかない。私立の共学の進学校に進むのは難しかった。

結局、私は区立の中学校に進んだ。それもわざわざ越境して、高校進学率の高い中学校に入った。

中一ぐらいまでは、父に怒られまいと、一生懸命勉強した。

いい高校への進学を目指す勉強のできる生徒もいれば、やっぱり、落ちこぼれもいる。進学率の高い中学というのは、落ちこぼれと優等生の差が激しくて、落ちこぼれたコたちは不良の道をまっしぐらだ。

小学校のときに一緒だった地元の友達は、みんな揃って地元の中学に進んでいる。越境して独りぼっちだった私には、勉強しかすることがなかったのだ。そのかいあってか、中間や学期末のテストでは学年で一〇番以内に入っていた。

でも、どうしてもクラスにひとり抜くことができない女の子がいる。

背はそれほど高くなく、顔も目立つ方じゃない。どちらかというとあか抜けない地味な女の子。でも、山口さんというその女の子は、ピアノも弾ければ勉強もできる。学校の行事の時には、校歌の伴奏を全校生徒の前でする。テストの結果が廊下に張り出されれば、常に学年で一番。とにかくすべてに優れていて、体育以外すべてが五、というAランクの才女。私はどうがんばっても、せいぜいクラスで二番。どうしてもその子を抜かすことができない。

「山口さんはこんなに偉いのに、あなたはどうしてるの？」

「山口さんの偏差値はどれぐらいだったの？」

何かあると母はいつもその子と比較した。

あるとき、数学で九〇点を取った。私にとって数学は昔から苦手科目。先生から答案用紙を受け取った瞬間、「やったー」と心の中でガッツポーズした。私はそのテストを大切に折り畳んでカバンにしまうと、小躍りするように家に帰った。今度はきっと、ほめてもらえる。

「お母さん、聞いて、聞いて。数学で九〇点とったよ」

「山口さんは何点だったの？」

「……………」

「四問も間違えているじゃない。どうしてできなかったの」

「……………」

「山口さんはどうせ一〇〇点だったんでしょ」

「……………」

できないのは自分が一番わかってる。

「あなたの努力が足りない」

母はいつもそう私にいい続けた。

精一杯努力したのに……。

一生懸命がんばったのがこの結果なのに、褒めてもらえない。いくら努力したってその子に追いついていくことなんてできない。いつしか〝努力〟という言葉が大嫌いになった。

〝努力〟なんて美徳じゃない。必死になって努力をしたってそれが認めてもらえる人なんてほんの一握り。

がんばったときに、がんばったことを認めてもらいたい。

多分、私が望んでいたのはこのことだ。でも、がんばったのに認めてもらえない。認めてもらえない〝努力〟なんて空しいだけ。どうしてわかってもらえないんだろう。どうしてほめてくれないんだろう。

そんなもどかしさがべったりとまとわりついている毎日。私は抑圧されていた。

今思えば、自分のやりたいことや夢なんて考えてみたことすらなかった。

誰かにほめてもらいたいという欲求。私にあったのはそれだけだ。

勉強をして成績がよければ怒られない。友だちや先生から「勉強できて偉いね」といわれれば、有頂天にもなるし優越感にもひたれる。勉強は大嫌いだったけど、他人にほめてもらいたいから勉強する。ほめてくれる周りの目や声は、心地の悪いものじゃなかったから、我慢してでも勉強する。

私は、ただほめてもらいたかった。

父に、母に、一言「がんばったね」といってもらいたかった。

中学生の私にとって歌舞伎町のネオンはたまらなく魅力的だった。

いつしか暴走族の彼とつきあい始めて、彼のバイクの後ろで暴走したりもしていたが、初めて自分の居場所を確認できたのは、自分の家でもなく、バイクの後ろでもなく、どことなく危険な新宿という街だった。

夜の歌舞伎町のネオンは、くらくらするほどまぶしくて、その怪し気で危い匂いは刺激に餓えていた少女をすっかり夢中にさせた。

当時の歌舞伎町には、高校生ぐらいの子らで賑わうディスコがたくさんあって、五〇〇円も出せば、朝までそこで踊れて、フリードリンク、フリーフード。同世代の仲間と集まって、週末の夜を一緒に騒いで過ごした。とはいえ五〇〇円は中学生にとって大金だった。

当時、フロアにはバナナラマの『ビーナス』やカイリー・ミノーグ、それからデッド・オア・アライブといった、ユーロビートがガンガン鳴り響いていた。

みんな、映画『トップガン』のトム・クルーズを真似て、MA－1をはおって、SASのかばんを下げたり、ボーダーのシャツを腰に巻いて、ジョッパーズのパンツに、ReebokやK－SWISSのスニーカー。でも私たちのMA－1は、YKKのファスナーでバレバレの日本製。どうしても本物が欲しくって、上野のアメ横に盗みに行ったりもした。

ディスコに行く五〇〇円にも困るくらいだったから、やることといえば、万引きに、カツアゲ。

新宿駅のコインロッカーと有料トイレが、私たちの根城だった。

仲間と新宿のデパートに行き、洋服を物色する。試着室に気に入った服を持ち込んでは、服の下に着込んだり、カバンの中に押し込む。友達が従業員と話している隙に、堂々と持ち帰ったりもした。

戦利品――化粧品や洋服を抱えて、新宿駅地下の有料トイレに向かう。「五〇円トイレ」と呼ばれていたその場所は、ホームレスや酔っ払い対策のためにできた有料スペースで、公衆トイレと違って清潔だった。一回お金を入れれば、何人だって入れて、他の人がそれほど来ないこの空間は、私たちの絶好の隠れ家だ。

トイレの洗面所に並べた戦利品をみな手にとってては身につけてみる。大人っぽい黒のスーツを着て、赤い口紅を引けば、中学生には見えない。制服が生徒の象徴であるように、スーツと口紅は、大人になるための制服だ。みんなで鏡に向かいながら、ちょっと誇らしい気分で、鏡越しに相手と自分を見比べる。内心思っていたことは、みんな同じ。

「あの子より、私の方がカワイイ」

残った戦利品をロッカーにしまうと、私たちは歌舞伎町に繰り出す。

新宿の歌舞伎町は、今でいえば、渋谷のセンター街だ。

この街に集まってくる子は、仲間にだけは優しく素直だった。そして、社会が、大人が大嫌いだった。

兄とも弟とも父親の違う、美恵子。

病気で学校を早退したら、家の中で見知らぬ男と母親が寝ていたのを見てしまった由美。

遠足のお弁当にいつも、マクドナルドの冷めたハンバーガーを持たされていた恭子。

苗字が変わったのがイヤで、学校に行けなくなった理佐。

昼間から家で酒を飲んでいる、アル中の父に殴られていた誠一。

給食費が払えずに、集金の時間、一人だけ体を固くしていた絵理。

手首を切ったお母さんを病院に何度も連れて行ったことのある勇樹。

愛人の娘だと学校でいじめられていた綾。

交通事故で両親をなくし、親戚中をタライ回しにさせられていた隆。

父親の似顔絵が描けなくて泣いたことを先生に怒られた加奈。

そして、いつどこへ行こうとも帰ってこなくても何もいわれないという麻知。

歌舞伎町に集ってくる仲間は、家庭や学校に居場所を見いだせない子が多かった。

愛情や友情に飢えていた。寂しい幼心は街をさまよい、同類を見つけては群れを作っていた。

私にとって歌舞伎町は楽園だった。その楽しさを確かめたくて、新宿行きの電車に飛び乗った。

当然、歌舞伎町に行くと叱られた。

「子どもの遊びに行くところじゃない！」

「お前は不良か！」

父の鉄拳は容赦なく飛んできた。

それでも私は、仲間が待っている歌舞伎町に向かう。

＊

一九八五年、中学一年生の秋、大好きだったおじいちゃんがガンで死んだ。

同じ敷地内に住んでいた大正生まれのおじいちゃん夫婦は、数少ない私の救いだった。父や母にこっぴどく叱られているときに、真っ先にかばってくれたのもおじいちゃんだ。

「この子は決して悪い子じゃない。おじいちゃんの大切ないい子だ」

そういって皺々の手で頭をなでてくれる。

そのおじいちゃんが死んだ。

おじいちゃんは長いこと入退院を繰り返していた。

門限が守れそうもないと、私はよく、おじいちゃんのお見舞いに行った。お見舞いという口実があれば、門限を過ぎても怒られない。三〇分くらいはお見舞いにかかるだろうという親の予測を逆手にとって、三分間だけ顔を見せると残りの時間で友達と遊んだ。その日も、親への言い訳のため、病院に行った。派手なピンク色のスカートに、お気に入りのTシャツといった遊びの格好だ。五分でお見舞いを終えると、家に戻った。

次の日、授業中に廊下に呼び出された。担任の先生が、

「おじいさんが亡くなった。早く家に帰りなさい」という。

私はしばらくその事実をまったく把握できないでいた。あんないい加減なお見舞いが最後だったのかと思うと、胸が痛かった。私の名を呼ぶおじいちゃん。手をつなぎ散歩したおじいちゃん。出かけるたびにお土産を買ってきてくれたおじいちゃん。次々に浮かびあがり涙が止まらなくなった。

この頃から、一層、父と母の顔は険しくなった。

零細企業だが、社長だったおじいちゃんが死んだことで、父にそのお鉢が回ってきたのだ。しかし、回ってきたのは立場だけじゃなかった。当時の私には理解し切れていなかったけれど、おじいちゃんの多額の借金まで、父の元に残されていたのだ。「金は天下の回りもの」「宵越しの金は持たない」江戸っ子を地でいくようなおじいちゃんにとって、そうした生き方は当然だったが、真面目一辺倒の父には到底理解できる生き方じゃなかった。

会社の経営、借金の返済。積もり積もったイライラは私たち子どもに向けられた。些細なことで怒られる。でも、かばってくれるおじいちゃんはいない。

今まではフラフラ遊び回っていても、おじいちゃんに申し訳ないという気持ちがどこかにあった。でも、おじいちゃんがいなくなったことで、その足かせがなくなった。途端にみるみると罪悪感が薄れていくのが自分でも手にとるようにわかった。

両親が会社のいろんな事務処理に追われ、私への監視の目が甘くなっていたことを幸いに私の夜遊びはエスカレートしてゆく。おじいちゃんはもういない。

＊

「虞犯《ぐはん》少年」という言葉がある。

未成年なので罪は犯していないが将来犯すおそれのある少年・少女のことだ。至近距離にいる小動物に向かって何のためらいもなく石を投げつけることができるかどうか。そんなテストで判定されるとの噂もあった。

私はその「虞犯少年」だった。

ピーンと張り詰めていた糸がいったん切れてしまえば、あとは、ものすごい速さで堕ちていく感覚。

私はむさぼるように欲しいものすべてに飛びついた。我慢することができなくなっていた。というよりも〝我慢する〟ことがたまらなく嫌だった。

深夜徘徊、ドラッグ、売春、夜の歌舞伎町にはあらゆる非行への誘惑があった。

倫理やモラルを押しつける大人たちや世間がたまらなく嘘くさくてうっとうしかっ

た。だから牙をむいた。夜の街にしがみついた。かすかな罪悪感を「ここなら私たちは自由だ」「これが自由なんだ」そんなひとりよがりな思いでごまかして、開き直っていた。

そして、その勘違いの自由が、時々警察の目にとまる。何度となく警察に捕まる。同じように、法に触れた友達の中で、鑑別所や少年院に送られた子もいる。

家からは、たびたび「家出」として捜索願が出た。

家に帰るのは、どこかで警察に捕まったときだ。署まで連行され、〝私の記録〟という始末書を書かされる。ウサギのような真っ赤な目をした母親が、私を引き取りに訪れ、私は家に連れ戻される。

「あんたって子はどうして、どうしてなの？　私の育て方は間違ってないのに、なんでこうなるの？　なんでなの。ねえ、どうしてなの？」

実家に連れ戻されると、涙を流し続ける母から、何度も頬を叩かれる。

母はそのたびに、友達の名前を出してきてはなじった。

「智絵ちゃんみたいな、水商売やってるお家の子と遊ぶからこうなるのよ。あんな子と遊ぶからあなたがおかしくなる。もう智絵ちゃんと友達をやめなさい。いいわね！」

一番腹の立つ説教だった。片親で寂しい日々を送る智絵の心の叫びを知っている。母子家庭で母親が水商売だからと、いじめられた友達の涙を知っている。親がどんな商売をしていようと、親がいなかろうと、どんな家庭だろうと、そんなことを言われたくない。みんな大切な私の仲間だ。

母にはそれがわからない。わかろうとも思ってはいない。わかっているのは世間体と体裁を繕うことだけだ。

父が帰ってくると、また殴られる。

何度となくそんなことが続いた。いつしか警察署に来た母は、頭を下げながら、目を真っ赤にして私のことをにらむようになっていた。

翌日は顔中痣《あざ》だらけで、学校に行くどころじゃない。そんな顔、彼氏にも見せられず、ずっと家で泣いていた。

私が悪いんだ。だから怒られる。

でも、なぜ悪いのか、なぜしちゃいけないのか、建前じゃないその本当の理由がわからなかった。父も母もあれをしちゃだめだ、これをしちゃだめだって、言うばっかりで、本当に大切なこと、してはいけないことがわからない。肝心なところで触れ合えない。それを破ると、頭ごなしに怒鳴られ殴られる。

だから、また家を出る。

*

警察に捕まっても、保護者が迎えに来れば、解放される。しかし、保護者が不在ならば、当然、留置される。親が夜、家を不在にしていて迎えに来てもらえない子たちは、同じ犯罪でも、高い確率で施設や鑑別所に送られた。

中学三年生の秋口だった。

例によって警察に捕まったその日、母は私を迎えに来てくれなかった。母が親としての責任を初めて放棄した夜だった。もう迎えに行ってもだめだと思ったのだろう。私は、警察署に留置されることになり、一〇畳ほどの部屋に通された。部屋の隅には、真っ金金のショートヘアの青白い顔をした女の子が、壁に寄りかかって座っている。物音に気づいて、彼女はこちらを見上げた。瞳の奥の冷たさが、私の眠気を吹き飛ばした。

私たちは蒲団を敷いて眠るように指示を受けた。部屋の電気はすべて消され、廊下の非常用ランプだけが赤く灯っている。

それをぼーっと見つめながら、今、自分が置かれている状況を必死に考えていた。

明日から私はどうなってしまうんだろう。

頭の中は、鑑別所や少年院に送られてしまうという恐怖でいっぱいだった。

「ねえ、アンタ、何したの?」

金髪の彼女が急に話しかけてきた。私はその質問に答えるほどの余裕もない。

「明日、どうされちゃうのかなあ」

「……もうダメかな」

「えっ、どうして?」

「親がいないからさあ、施設に送られちゃう」

親がいない? でも私には彼女の事情を考える余裕も同情する余裕もない。ただ「施設に送られる」という言葉だけが頭の中で何度も鳴り響いた。

二人の会話は途絶えた。沈黙と暗闇の中で、ザーというモーターのうなる音だけが響いている。非常口の明かりを見つめながら、不安だけがふくらんでいった。

しばらくすると、彼女の鼻をすする音が聞こえてきた。泣いているの? 表情は見えない。静寂の中で、私はひとり怯えていた。

＊

施設に送られる代わりに、私は、警視庁の少年二課に送られカウンセリングを受けさせられるようになった。

毎週火曜日、学校を早退して地元にある少年保護センターのカウンセリング室に通うことになった。

六畳ほどの広さの部屋には、真ん中に机と、向かい合って椅子が二脚置いてある。壁の一面が大きな窓になっていて、いつでもあたたかい光が差し込んでいた。テーブルをよく見ると、落書きがたくさん書き込んである。暴走族の名前。ブラックエンペラー只今参上。殺す。相合傘にハートマーク。私以外にもたくさんの子たちが同じ部屋に来たということは、何だか不思議な感覚だった。

私は、このカウンセリングを受けるのは嫌ではなかった。福島という元警察官の先生は、四〇歳過ぎの小柄な女性だった。髪の毛には白髪が交じっている。先生は、他の不良の子たちの話をしたり、世間話をした。彼氏のことや、友達のことも随分聞かれた。どんなことをして遊んでいるのか。どんな子たちと遊んでいるのか。

先生は、決して私を怒ったりしなかった。責めたりしないし、真実を問いただしたりしない。

ただ、私が自ら口を開くのを待ち、心を開くことを待ち、話をじっと聞いてくれた。そして時折、うなずき、優しい言葉をかけてくれた。

カウンセリングに向かう道のりでは、母も私も押しだまっている。二人で電車を乗り継ぎ、江戸川区にある診療所に向かう。その間、お互い一言も口をきかない。その時の母の気持ちがどんなものだったのか、当時の私にはさっぱりわからなかった。私は母にまとわりついた重たい空気からただ逃れたかった。

そして一時間のカウンセリング。一体、これで私は救われたのか。私にはわからない。ただ少なくとも、同じように先生と話す時間を持っていた母は、多少気持ちが楽になっているようだった。母のその微妙な表情の変化を読みとる心だけは、持ちあわせていた。

カウンセリングを終えての家路。母はなぜか行きと異なる道を選んだ。

その帰り道にはぬいぐるみ屋があった。母は私の手を引くと、いつも、そのぬいぐるみ屋に入っていった。両手で抱えきれないほどの大きさの、ゾウやクマのぬいぐるみ。

「ねぇ、これが欲しい」

今まで、かわいらしいものとか、少女趣味に興味がなかったのに、私は自然にぬいぐるみを選んだ。カウンセリングを受けた直後の母と私は、素直に接する事ができるようになっていたのかもしれない。

何カ月か経ち、私は、少しずつカウンセラーの福島先生に自分の気持ちを告げるようになっていた。友達と話すような調子で、彼氏の愚痴や、よく遊びにいくディスコのこと、友人のことを話す。福島先生はいつでも真剣に話を聞いてくれた。

それでも実生活の方は相変わらずで、また学校も家もすぐに嫌になる。

だから何度でも家を出る。

＊

「なんだよ、このジジイ」

新宿のディスコで踊っていると、後ろからスーツ姿の男に、腕を力任せにつかまれた。振り返ると、父が苦虫を噛み潰したような顔で立っている。

何でこの場所を知ってるんだろう。私は真っ先に福島先生の顔を思い浮かべた。

先生、何で親にチクるの？　私は勝手にそう思った。

手首を強く握られ引きずられるようにして、家に連れて戻された。

家に着くなり、玄関の上がりくちに叩きつけられた。

「なんだ、この髪型は。いいかげんにしろ！」

首根っこを手で押さえ付けると、父はハサミを持ち出し私の髪の毛をぐちゃぐちゃに切り始めた。

「やめてよ、お願いだからやめて」

「うるさい、じっとしてろ」

「……やめて」

私の目には、落ちていく髪の毛しか見えない。

父はハサミを放り出すと、私を殴り始めた。

「俺はこんな娘に育てた覚えはない！」

「痛いっ」

「痛いのはあたりまえだ！」

「やめて、ごめんなさい、やめてよ」

顔、お腹、もうどこを殴られているのかさえわからない。息を吸うのも苦しい。気が遠くなる。

「お願い……やめて」

顔の上を生温かいものが流れている。その液体はそのまま顔を伝って廊下に落ちた。黒光りした廊下に、赤い染みが広がった。

「もうやめて。この子が死んじゃう！」

母が必死になって、父を止めようとしている。

「痛い……」

父は母をけり倒した。柱に頭をぶつけた母が、すすり泣いている。それでも、父の手は止まらない。

「バカヤロウ、この親不孝もの」

口の中は生臭い血の味がした。父の声が遠い。水中にいるみたいに、声がこもって聞こえる。それでもまだ殴られていることはわかる。

「殺してやる」

殴られながら私はそう何度も心の中で繰り返した。

「殺してやる」


鏡をおそるおそる見る。

映っているのは私じゃない。

「あたしなんて、死んでもいいんだ」

*

「もう起きなさい」

翌朝、母の声で目が覚めた。

起き上がると、頭がガンガン痛くてたまらない。鏡を見ると、目の上は青紫に腫れ上がり、まぶたが重くて開かない。肩まで伸ばしていた髪は耳の上でまっすぐに切られていた。唇は自分の歯で噛み切ったらしく大きな穴があき、どす黒いかさぶたになっている。女の子の顔ではない。こんな状態じゃ、学校なんて行きたくない。でも父は、「学校行け、学校行け」と怒鳴った。そして連れて行かれた。学校に行くと、友達全員が私を見て引いた。

学校が終わると、そのまま歌舞伎町に向かった。制服のままの私は、すぐに警察に補導された。

その夜、母がまた迎えにきたときに、頭の中は恐怖でいっぱいだった。家に帰ったら、また殺されるほど殴られる。警察を出るとそのまま母を振り切り、走って逃げた。タクシーをつかまえると、行き先を告げた。

「もう、二度と帰らない」

中学二年生から高校一年生までは、家出をしては連れ戻されるの繰り返しだった。私は、彼の家に転がり込み、向こうの親の許しを得て、同棲生活を始めていた。父に殴られ腫れあがった顔を見て、同情してくれたのだ。

「あなたたち、今日は学校に行きなさい」

毎日、彼の母親は、ふたりを起こしにくる。

「行くよ」

ふたりとも口ではそういうけれど、学校に行くこともなく、ずっと自宅のマンションの一室で寝ている。ツケで出前を取って、部屋でテレビを見て、やりたい放題の楽しい毎日。家を出るのは、ビデオを借りに行ったり、コンビニに行ったり、友達と街に繰り出すときだけ。

彼と一緒に街を歩くことは、ちょっとしたステイタスでもあった。

すれ違う女の子たちが、全員振り返るのだ。

「うわー、いい男！」

内心、私に嫉妬している女の子たちのつぶやきまで聞こえてくるようだった。私はことさら彼に腕を絡ませる。

彼と出会ったのは、歌舞伎町のディスコだった。

世間がゴールデンウィークだのと騒ぎ立てている頃、とってもすてきな人がディスコの一角でビリヤードをしていた。そこだけスポットライトが当たっているようだった。

身長は一八〇センチくらい。流行のMA－1をはおって、タバコをくわえながらキューを握っている。細長く伸びた指に目が吸い寄せられる。キューで白球をはじく。白球は小気味いい音をたてて赤の5番にぶつかり、赤はそのままコーナーに吸い込まれた。軽くガッツポーズをして振り返った彼の茶に染められた髪が、サラサラと舞った。よく日に焼けた、鼻が高くて彫りの深い顔立ちから、優しげな笑みがこぼれ落ちている。

私は一目惚れした。

「あの人誰？」

「あの人、カッコいいよね」

どうにか紹介してもらおうと、誰彼かまわず声をかけまくった。偶然、私と仲のいい剛が、彼と地元が一緒でしかも大親友だった。

「これって、運命だよ」

彼を紹介してもらえると思うと、一人ではしゃいだ。

彼は私の一つ上で中学三年生。今まで出会った男の中で一番、いい男だった。彼は工藤孝則といった。毎週のようにそのディスコに来ている常連の一人だった。

「じゃあ、今度遊ぼうね」

約束をして、彼の電話番号を聞いた。

でもすぐに電話をかけたりはしない。

電話番号を聞いてすぐ電話すると、なんか飢えて食いついているのがバレバレだ。それに、断られるかもしれないと思うと、なかなかダイヤルできない。だから二、三日が過ぎる。

三日後、ようやく彼に電話した。受話器の向こうから、優しげな声が返ってくる。

「じゃあ、今度の土曜日、新宿で」

待ち合わせ場所を約束すると、心の中で小躍りしながら受話器を置いた。

「何を着ていこうかしら、香水は……口紅は……髪型はどうしよう」

もう夢中だった。

彼は、私の地元からタクシーで二〇分ぐらいの場所に住んでいた。実家に住んでいるのに、夜遊びしてても平気で、学校にもあまり行かずにディスコにいりびたってるような人だった。

その日のデートの帰り道、当然のようにラブホテルにいった。

「タカちゃん、だーいすき」

好きな人との抱擁は、ドキドキする分、心も体もフワフワにさせる。

Hは彼が初めてじゃないけど、ラブホテルに行ったのは彼とが初めて。好きな男と、ふたりだけで過ごす。なんて楽しいんだろう。これは発見だった。

ふたりは、ラブホテルの虜《とりこ》になった。

もともと、私の育った下町やその隣町はラブホテルだらけだった。ただ、実際に行くまでのラブホテルのイメージといえば、銭湯のように、男女別々、左右から入っていくか、あるいは時間をずらすとか、それぐらい人目をはばかる、ほんとうに何か悪いことをしているというものだった。

愛人とか不倫カップルたちの怪しい匂いが漂う部屋。赤とか紫とか青の、まるで体育館の緞帳《どんちょう》のような生地の壁紙。回転ベッドに赤のライト。男の人がネクタイを締め、ジャケットをはおり、クロコダイルの皮の財布から、一〇万円まとめて折り込んだ一万札をベッドにポンと投げ捨てる。ハイライトに火をつけると、「じゃあまた、連絡するから」といって部屋を後にする。よくいえば「哀愁」、悪くいえば「淫靡」。お忍び、秘めごと、そんな言葉がふさわしい世界を想像していた。

でも、初めて行ったラブホテルは、それまでのイメージとは大きくかけ離れていた。部屋の写真の前で部屋番号を押すと、キーが落ちてくる。そのキーを持って部屋に上がる。料金を払う窓口は、パチンコ屋さんの交換所のように小さいから、顔を合わせなくて済む。室内も明るいイメージで、部屋のタイプもいろいろある。

こんな感じだったから、私のラブホ初体験は、ちょっとしたプチ旅行みたいに、とっても楽しいものとなった。おまけに、彼の親は、外泊するといえばお小遣いをくれるような人だったから、それをいいことに、週に最低一、二回はラブホテルに行く。多分、下町界隈のラブホテルは、二人で全部制覇したはずだ。夜一〇時からの泊まりで、安いところは五〇〇〇円ぐらいからだったけど、私だって女の子だから、かわいいおしゃれなホテルにも泊まりたくもなる。お金に余裕があるときは一万円ぐらいするホテルに泊まったりしてみた。世間的には、だんだんとシティホテルを真似たラブホテルが登場し始めていた。

なんといっても、まだ二人とも所詮は中学生。お互い一人暮らししているわけでもないから、二人の思い通りになる空間といえば、ラブホテルしかない。だから、私はラブホテルに行くデートが大好きだった。

「タカちゃん、日暮里に新しいラブホができたから連れてって」

いろんなホテル、いろんな部屋。あそこに行きたい、ここに行きたい、まるで旅行気分。今でいえば、クリスマスはパークハイアットで過ごしたいとか、ウェスティンホテルがいいとか、そういった感じでラブホテルをリクエストする。自分で選ぶ自由と、日常からの解放。自分で見つけた未知の世界は、とにかく楽しくて仕方なかった。

二人は毎日ラブホテルに行くようになっていた。

〝サル〟というのは若者のためにある言葉だ。

同級生たちが部活や体育で汗を流しているときに、私たちふたりはラブホテルでせっせと汗を流していた。気持ちいいとか、そんなことはとうの昔に超えている。セックスをすることが楽しくて楽しくて仕方がないのだ。今日はこんな体位でやってみよう。今日はバスルームでしよう。バイブレーターを試したり、一日に何回できるかチャレンジして、一回の記録を打ち立てたこともあった。

さすがにそのときは、お互い痛くてたまらなくなった。探求心と好奇心の塊の、青いふたりは、セックス中心に生きていた。

そのうち、学校をさぼっては、平日の昼間にラブホテルに行くようになった。というのも、平日にはサービスタイムというのがあって、大体朝の一〇時ぐらいから、夕方の五時ぐらいまで、通常の休憩料金で利用できるからだ。

安いところは三八〇〇円ぐらい。その分、ボロボロであろうが、場末の連れ込みホテルであろうが、とにかく長い時間楽しんでいたかった。学校をサボっているふたりには居る場所がなかった。ロマンチックとはかけ離れた現実的な逃避行だった。しまいには無銭宿泊していた。

わざとホテルの二階の部屋を選んで、楽しんだ後、チェックアウトするとき、フロントに電話を入れる。

「すみません。先にチェックアウトしますが、男性が寝ているので、一時間後ぐらいに電話をかけていただけますか。そうしないとちょっと延長料金が加算されてしまうので、電話してください。じゃあ、私、先に出ますので」

そういって、私は何食わぬ顔でホテルを出る。その間に彼は二階から塀をつたって飛び降りる。そんなこともしていた。

彼とのラブホテル生活は、そのホテル代を稼ぐためのパチンコ屋通いから始まる。ほとんどパチプロ生活。パチンコやスロットとか、全部法律違反を承知でやっていた。まず三〇〇〇円ぐらい突っ込んで、一万五〇〇〇円ぐらいになったら終了。一万円をホテル代にして、五〇〇〇円持って、いつも吉野屋の牛丼を買ってホテルに向かう。

大塚に〝キャスト〟というホテルがあった。部屋はメゾネットになっていて、リビングもあって、ベッドルームも二つ。カラオケもある。とってもオシャレできれいで、私のお気に入りのホテル。その〝キャスト〟に泊まりたくて、泊まりたくて、いつもそのホテルがいいと彼におねだりした。彼のパチンコを後ろから、神頼みしながら覗き込む。ダブルやトリプルが来たら、さっさとやめて、ホテルに直行。毎日がほんとうに楽しかった。

「ふたりっきりで暮らしたいね」

どちらからともなくふたりは、そんなことを話すようになっていた。

私はこっそり実家に帰ると、預金通帳と印鑑を盗み取った。箪笥《たんす》からは、母のスーツをむしり取った。急いで身につけ、慣れない手つきで必死に化粧をした。大人になりすまして銀行に行った。

中学生だとばれないだろうか。お金をおろせるだろうか。

内心ビクビクしながら、銀行の中の椅子に腰かけて待つ。

「三四番でお待ちのお客さま、こちらへどうぞ」

おずおずと窓口に通帳と印鑑を差し出す。手続きが終わるまでの間、不安と期待が私の身体をずっと硬くしていた。

「飯島様、お待たせいたしました」

私は一八〇万円を手にした。銀行口座からすべて引き出した預金は、私たち、ふたりの独立資金だ。

もう何があっても家には帰らない。私は、バッグの中の札束を、上からしっかり押さえつけた。

この夜、ふたりは新宿のセンチュリーハイアットのスイートルームに泊まった。

「ふたりの門出を祝うパーティだ！」

彼がルームサービスを頼んだ。ふたりが信じて疑わない最高のディナーは、レアのサーロインステーキ。新宿の高層ビル街を眺めながら、ビールで乾杯した。

「イエーイ！」

キングサイズのダブルベッドにダイブする。

「タカちゃん、ずーっと一緒にいようね」

甘いキッスを交わす。彼の手がスーツにかかる。この幸せのために拝借した母のスーツが脱がされていく。


ひとつうまくいくと、後は何でもうまくいく。彼の父親が、自分の名義でアパートを借りてくれたのだ。お金もある。住む場所もある。これで、ふたりっきりの生活ができる。

中二から家出を繰り返していた私も一六歳になっていた。

高校に籍だけはおいていたけど、一カ月も行ってない。彼とアパートで同棲生活を始めたからだ。

同棲を始めたのは、埼玉県の八潮という工場地帯。二万円ぐらいの家賃だから、トイレは共同、風呂なんてもちろんない。六畳一間でガスもついていない。寒い夜には、ふたりでおふろ屋さんに行き、早く出た方が遅い方を待って一緒に帰った。

朝シャンなんてできないから、余計に学校へ行く気が失せる。盗んだお金があるから、食うには困らない。毎日遊んで暮らして、どんどん堕ちていくのが自分でもわかるけど、それが妙に心地よい。彼は仕事をせず、私も学校には行かず、いつのまにかふたりは友達すら大事にしなくなる。どんどんふたりだけの世界にはまっていく。目を覚ますと、セックスをして、またセックスをして、そのまま寝て、目を覚ます……。本能にだけ従って生きていた。時にはシンナーを吸う。そして、またセックス。ご飯を食べない日はあっても、セックスをしない日はなかった。

もちろん、こんな生活が長続きするはずもない。

「お前、いい加減にしろ。仕事もしないようなやつは出ていけ」

敷きっぱなしの布団の上で、裸で抱き合っていたふたりの目に飛び込んできたのは、玄関に立つ、怒りで顔をゆがませた彼の父親だった。

「そんな生活のために部屋を借りてやってるんじゃない！　自立して働くっていうから、ここまでしてやったんだ。ふざけんのもいい加減にしろ。もうやめだ！」

アパートを借りてやったものの、あまりにも仕事をしない彼に業を煮やした彼の父親が、怒鳴り込んできたのだ。しかもその足で、彼の父親は、アパートを即座に解約してしまったのだ。

居場所を失った私たちには、行く場所もない。仕方なく、彼の実家でまた一緒に暮らすようになった。でも、いったんこじれた息子と父親の諍《いさか》いは収まらなかった。

その日は、些細なことで彼と父親が喧嘩を始めた。怒声と怒声が重なり合い、みるみる大喧嘩になっていく。

「てめえ、オヤジだからってざけんじゃねえぞ」

激昂した彼は思いきり父親の顔を殴りつけた。父親は顔を押さえたまま、立ち上がらない。修羅場だ。私は他人事のようにそれを眺めている。なぜか冷静だった。母親が、もうどうにも手に負えないと、受話器を取り、一一〇番通報をした。母親の一オクターブうわずった震える声が、廊下に響いている。

「まずいっ!」。警察が来たら、実家に連れ戻される。二人がもみあっている姿を横目に、忍び足で部屋を出た。共用の廊下を走りながらこっちに向かって来る警官。心臓の鼓動が速くなる。

「ご苦労さまです」

勇気を振り絞って声をかける。

「ご苦労さまです」

警官があいさつを返してきた。

バクバクする心臓の音に気づかれないようにと思いながら、警官とすれ違う。問題の起きている一室に入って行く警官を目で追いながら、何食わぬ顔で建物を出た。止めてあった彼の母親の自転車を見つけると、とにかく遠くに逃げよう、それだけを思って自転車にまたがった。

「タカちゃん、ごめんなさい」私は心の中で何度も繰り返した。

ひたすら自転車を走らせ、川を渡り、隣の町までたどり着いたところで、少し落ち着きを取り戻しポケットの中を確かめた。小銭を合わせても一〇〇円くらいにしかならない。この一〇〇円をどうにか有効に使って友達と会わなくちゃ。

途方に暮れた私は、彼の大親友の剛に電話をした。状況を話すと、バイクで迎えに来てくれて、みんなのたまり場に連れて行ってくれた。中には初めて会う子もいたけど、ほとんど彼の遊び仲間。

最初はみんながそれぞれ質問を投げかけてきて、彼のことを気にしていた。でも、そんな心境は長く続かない。

「アイツもバカだよな」警察沙汰は今日に始まったことではない。

「大丈夫だよ、どうにかなるって」

「とりあえず、ここにいなよ。行くとこないんだろ」

「でも……」

「まあ、考えててもしょうがねぇよ」


そう、考えていてもしょうがなかった。今、考えてみてもどうすることもできなかった。いつのまにか、いつものようにみんなでお酒を飲んだりシンナーを吸ったりしだした。でも、いつもとは違って、私の隣には彼がいなかった。剛たちは、雑誌を見ながらバイクの話。夢中になっている。笑っている。

私は皆と少し離れて、体操座りをしながらひとり、彼の事を想っていた。

剛から回ってきたシンナーを私は強く吸う。

タカちゃん　ごめんね　私だけ逃げ出して……　だって……だって、捕まるのが
イヤだったんだもん
タカちゃん　ごめんね　ごめんね　私だけ逃げ出して……逃げ出して
ごめんなさい

少しずつ剛たちの話し声がぼやけだす。会話が聞き取れない。たまに聞こえる笑い声のような音。

寂しいね　タカちゃん

タカちゃんは今頃どうしているの……
タカちゃんに明日から逢えないの……
タカちゃんにいつまで逢えないの……
タカちゃんにいつになったら逢えるの……

タカちゃんになんで逢えないの……

タカちゃんはなんでここには居ないの……

タカちゃん逢いたいよ……

タカちゃん　タカちゃん　タカちゃん……


「ヤッベー、理性が飛んじゃうよ！」剛の声が、唐突に私の耳に飛び込んできた。ハッと我に帰ると、場の空気が変わっていた。彼は空ろな目で、でもしっかりとこの私を見ていた。「理性が飛んだ」再びその言葉を吐いた剛を私はこの眼ではっきりとみた。心臓が止まりそう、私は本能的にそう感じた。

「犯される」――恐怖を感じた瞬間、彼は友達の距離にはいなかった。

「犯される」――恐怖に怯える間もなく、彼は私の上に覆い被さってきた。

「なんで、なんでなの、どうしてなの？」

「お願いやめて、お願い、誰か止めて、誰か助けて！」

信じられない。私の上に馬乗りになっている奴がいる。確かに剛だ。彼の親友の剛だ。このヤロウ、ふざけたまねしやがって、てめえなんかにヤラれてたまるか。

私はキレた。

「やめろよっ！」暴れた。殴った。蹴りまくった。

私の両手両足が誰かの手でギュッと押さえつけられた。

左の脚、右の脚、右の腕、左の腕。すべてを拘束された。抵抗したくても抵抗できない。そしてスカートがたくし上げられる。


「い、いやあああああ……」叫んだ。

助けて　助けて　助けてよ　助けて　お願い助けて　お願い助けて
お願い助けて　お願い　お願い助けてよ　助けに来てよ　助けてよ　お願い助けにきて　お願い　助けてタカちゃん

私は伏せていた目をガッと開き、剛を睨んだ。静かになった。人形になりかけた私は、動かずに、そして声すら上げない。

何故？　不信感、恐怖感、嫌悪感、罪悪感、何も感じない。代わりにただ、ただ、脱力感だけが身体を覆う。

好きにすればいい。もう、諦めようか……。いや、諦めとは違う。そう。呆れた。それに近い。

その私の様子に気づいて、剛たちの勢いも止まり始めた。廃人のような目で私は彼を直視した。口が喋った。

「ねえ、やめたら」

「…………………」

剛が静かに身体を離した。

「……ごめん」

私の知っている剛の声が聞こえた。ぎこちない空気にこの言葉がやたらと辛かった。私は黙ったままでいた。そこにいる皆もそうだった。

ずいぶん長い間、沈黙が続いた。

「本当に　ごめん……」


ごめんじゃないよ。

そう思うと悲しくなった。ここで泣くのは絶対に嫌だ。

ごめんじゃないよ。

そう思うたび、悔しくなる。解けだした心が温度を持つ。


許さない。

最低。最低な奴ら。警察に捕まっているタカのこと気にならないの！

親友の彼女でも無理やりヤっちゃおうとするの。信じらんない。剛も、他の奴らも、彼の友達だ。こいつらの男同士の友情なんてこの程度なんだ。もう男なんて信じられない。奴らにとって、友達の彼女である私は異性ではないはずだった。女としては見ていない。仮に見ていたとしても、手を出してくるはずがない。たとえ、しらふでなかろうとも。単なる私の独りよがりだった。愛情だとか友情だとか、片方だけが勝手に思うこと自体が間違っていた。

友達の彼氏。それは男ではない。男として見ない。異性としない。
彼氏の友達。それは男ではない。男として見ない。異性としない。

それが崩れていく。
結局、男は異性でしかなかった。男の下半身には理性などなかった。
彼の家には帰れない。彼の友達にはもう逢わない。

彼との毎日に溺れ、彼以外とは連絡を取っていなかったから今さら頼れる友達なんていなかった。彼に逢いたい。公衆電話で彼の家に電話する。

「トゥルルー、トゥルルー、トゥルルー、トゥルルー……」

誰も出ない。電話ボックスの中でしゃがみ込む。父親と大喧嘩していた彼、警察に通報した彼の母親、踏み込んでくる警察を尻目に抜け出した自分を思い出す。

「これは本当にヤバい」だから私は本気で逃げた。警察に捕まった彼がどう処分されるかはなんとなく想像できている。それでもまた電話をする。何度も何度も電話する。誰も出ない。

「逢いたい……」離れてからの辛い出来事ばかり思いだす。

もう絶対に嫌。独りにしないで。もう嫌なの。

私は公衆電話の受話器を置くと、そのまま目の前にある高層マンションに入った。

エレベーターに乗り、最上階の一四階のボタンを押す。エレベーターを降り、非常階段をのぼり、屋上に上がった。

もう嫌。ひとりは嫌。

頭の中では何も考えられなくなっていた。屋上にはフェンスがあった。フェンスを越えれば、ギリギリの隅まで行ける。私は、マンションの角に立った。一歩、そしてさらに一歩。でも端に近づくほど怖さが増してきて、下を覗き込んだその瞬間、恐怖心で足がすくみ座り込んだ。

恐い。飛び降りるなんてできない……。

でも、明日からどうやって生活していけばいいのかわからない。もう何もかもわからない。いつの間にかマンションの非常階段で眠りこんでしまった。

「セックスが、そんなに楽しいか」。父のあの一言が聞こえた。

＊

その後、いろんな友だちの家を点々とするようになった。

彼は、薬物中毒者を更生させる施設に入院していた。いつ戻ってくるかわからない。何人もの男の子の友人に、泊めてもらったりした。最初は「大変だね」と優しい言葉をかけてくれる。でも、彼らが心配してくれたり、優しくしてくれるのって、目的のための手段でしかない。泊めてくれた男の子は必ず手を出してきた。でも、次第に、そんなことにも慣れっこになっていた。泊めてくれるのならしょうがない。そんな感じ。みんな同じ。

もう嫌だ。私はすっかり疲れ果てていた。こんな生活から逃れるために、『アルバイトニュース』を手にとった。

そこに載っていたのが、湯島のカラオケスナックだった。日給一万円。銀座や六本木のクラブで働くなんて発想がない私は、一万円にひかれて湯島のお店で働くことにした。

カラオケスナックでバイトして一日一万円。カラオケを歌える、お酒を飲める、男の人にはちやほやされるで、こんな楽しいバイトはない。私は水商売にすっかり慣れ、楽しんでいた。不思議とお金がすべてを満たしてくれる。

お金で買えないものはないと思った。

「愛」。

私が「愛」と呼ばれるようになったのはこの時からだ。私が一六歳になった秋。みんなに愛される子になるようにと、お店のママが源氏名を「愛」とつけてくれたのだ。それ以来、知り合った人たちはみんな「愛ちゃん」と呼ぶ。

「愛」として新しい人生をスタートさせた。

Ⅱ

一六歳の私にとって、大手を振って歩けるのは、渋谷、新宿だった。

私は負け戦が嫌いだ。

ディスコをはしごして、仲間を増やす。そして街を歩き、ナンパされる。それが女の魅力のバロメーターだ。

デパートで万引した黒のスーツに、豹柄のインナー。足元には踵が擦り切れた白か黒のハイヒール。高さは7センチ以上、と決まっていた。髪の毛はオキシドールで色を抜いて、ワンレン風にまとめている。これが目一杯の戦闘姿。シャネルとかグッチとか、そんなブランドも知らず、見よう見まねで着飾っては街に繰り出していた。

六本木のイケイケねーちゃんとは最初から争わず、垢抜けないボディコンギャルが出没する渋谷で気取る。新宿の区役所通りの立ちんぼのねーちゃんのように男を物色し、アムステルダムの飾り窓の客引きのように男を誘う。無意識のうちにいい男には流し目を使い捕獲作業。いい女にはガンを飛ばし威嚇作業。そんないきがっていた私は、毎日が有頂天で、そんな自分を不安に思うことすら忘れていた。

私は、知人が多いことや男関係が多いことが自慢だった。

だれが後ろ指を差そうとも楽しくてしようがなくて、自分の体を大切にするとか、親に対して申しわけないとか、彼氏に対して後ろめたいなどという、殊勝な気持ちは一切失われた。ねるとんパーティに参加するやつとか、出会いがないと嘆いている三〇歳手前のお姉ちゃんたちを鼻で笑い飛ばし、ただただ増えていく男の電話番号の数を誇る日々。そんな超おめでたな毎日がただただ繰り返された。

＊

その日もいつものごとく、ディスコ帰りの朝方、男探しに渋谷のセンター街や公園通りを友達と二人でふらふらと歩いていた。

「プップー」

車のクラクションが鳴り、振り返ると、ベンツのオープンカー。

「ヒュー！　カッコいいっ。今日はこれで帰ろうっと」

高級車に魅せられ、今日の予定を勝手に決定。その瞬間、車から降りてきたのは、年齢不詳の怪し気な男。

一六〇センチの私より低い身長に、不似合いなグレーのダブルのスーツ。首から下げたオレンジ色の派手なネクタイ。手首に巻いた金無垢のロレックス。足元のウイングチップの黒い革靴はきれいに磨き上げられていて、ピンクのシャツからは、鳥のように筋張った首が覗いている。顔の真ん中からは鉤《かぎ》のような鷲鼻が突き出していて、それだけがやけに目立っている。しかも茶色に染めたロングヘアを、輪ゴムで後ろに縛っている。スーツでめかしこんだガリガリの鳥、もしくは『オズの魔法使い』の意地汚い魔法使いがホストに化けている、といった感じだ。

彼はニヤニヤしながら、近づいてくる。

「ねえ、お茶しに行こうよ」

「行かない」

友達ときれいにハモった。

世間ではアッシーやメッシーなんていう言葉がはやり出していた。本命とは別に、送り迎えをしてくれる車持ちの男（アッシー）や、少しお金を持っていて、夕食をおごってくれる男（メッシー）。プレゼントを言うままに貢いでくれる男（ミツグくん）。外見はさておいて、マメで何でもいうことを聞く、こうした男たちを飼いならすことは、ステイタスだった。

その男が、いくら外車に乗っていようとも、いくらお金を持っていそうでも、それでも一緒に過ごしたくないほど器量が悪い。でも、お腹はすいてるし、足もない。お金もない。

「利用してやろうよ」

友達と目配せした。男と向かった先は銀座の東急ホテル。私たちは、その男とホテルのラウンジレストランで食事をした。別に何を話したわけでもない。男のどうでもいい自慢話を聞いたり、興味津々の質問に友だちと適当に答えただけ。タダでご飯を食べただけだ。

銀座のホテルで食事、ベンツ、そして、ロレックスにゴールドカードでの支払い。一六歳の私にとって、それは目もくらむ行為に映った。若くして金持ちなのに、どうしようもなく不細工だけに、これは使えると考え、電話番号を聞いて帰った。

私たち二人は、家からは少し離れたところまで送ってもらい、走り去る車を背に、一緒に食事をしたその男のことをさんざん嘲りながら、出勤で駅に向かうサラリーマンやOLとは反対に家へと向かう。派手なボディコンに化粧がぼろぼろの私たちの姿は、彼らにはきっと滑稽に映っていたことだろう。

これが、石川秀之さんとの出会いだった。

石川さんは、三〇歳ぐらいで職業は不明。本人いわく医者というが、本当のところはわからない。世田谷の高級住宅地に、家賃四十数万円のとてつもなく広いマンションに住み、肩からのショルダー電話をいつも自慢気に使いこなしていた。見た目にはダサイけど、金持ちの象徴だった。

何人もの友人を彼に紹介した。彼の高級マンションは、いつもソープ嬢の控え室のように、若い女の子たちが溜まっていた。そして女の子に特有の臭気で満ちていた。遊び仲間で一人暮らしをしているコなんて一人もいない。みんな実家が遠く、終電も早い。でも、終電では帰らない不良娘たち。家出したままの私は、石川さんの家をいつでも入れる高級ホテルのように使っていた。簡単にいえば、私たちの溜まり場となっていた。

一人暮らしだったはずの石川さんの家の化粧台、洗面所には、なぜかクリスチャン・ディオールや流行の化粧品がたくさん積まれていた。みんなで勝手にシャワーを浴び、化粧をし、背伸びをしていた。そして決まって、石川さんに甘えるのだ。

「ねえ、一緒に遊びに行こうよ」

いつの間にか覚えた猫なで声で。

「石川さんのゴールドカードで夜を楽しませていただきます」

というずうずうしいお願い。

「今日は、すてきな人と出会えますように」

と、石川さんの家にあったディオールのプアゾンを首筋に香らせて。

そんな都合のいい日々が、繰り返される。だけど、石川さんもばかではない。

「お前ら、自分で部屋を借りろよ」

出会ってから一カ月ほどたった頃、石川さんが自分たちで部屋を借りるように勧めてきた。でも、お金もない。仕事もない。家出娘に保証人がいるはずなんてない。今日のことを考えるだけでいっぱいいっぱいの私だから、一人暮らしなんて考えたこともない。

そんな私を見かねたのか、本当に部屋から出ていってほしかったのか、石川さんが持ちかけてきたのは、お金を貸してくれることと、部屋の名義人になってくれるということだった。

うれしい話だけど、お金を借りても返すあてはない。でも、「それでもいいから」と石川さんは勧めてくる。

なんで？　なんでそんなことしてくれるわけ？　私にそんなお金を貸すなんて捨てるようなもんじゃない？　しかも家出中の小娘の保証人になるなんて考えらんないよ、変なヤツ。

内心そう思ったがこれはチャンスだ。

「これで、好きなだけ男をお持ち帰りできる」

私は本気で喜んだ。生まれて初めての一人暮らしを経験する、一六歳の私。

石川さんが借りてくれたマンションは、目黒区にあるワンルームマンション。モノトーン調の部屋は、一四畳のフローリングにユニットバスつきで、家賃は十三万八〇〇〇円。相当背伸びした家賃だったけれど、〃フローリング〃と〃モノトーン〃が大流行していて、無理をしてでも、この部屋に住みたかった。

「そうとなったら、ちゃんとお仕事をしよう」

私は初めて仕事を探そうと思った。「働くぞ、がんばるぞ」と決意した。

これが〃お水の花道〃の始まりだった。

＊

ちょっと前に湯島のカラオケスナックで、三カ月ぐらいバイトをしたこともあった。でも、それがまったく話にならないほど、六本木のクラブは華やかで、きらびやかで、ゴージャスで、ドキドキの連続だった。本格的に水商売に足を踏み入れると思うと、心がウキウキ、ワクワクと躍った。

六本木のクラブのホステス、お姉さんたちは、本当にイイ女。

化粧も上手。いつもカッコいい服を着て、きらびやかな宝石を指という指につけ、

「オモチャなんじゃねえの」と悪態をつきたくなるほどのキラキラした時計をはめ、右からも左からも異国の甘い香りがして、これこそ女の鏡だ、と思った。彼女たちと比べて、自分がみすぼらしく見えた。月とスッポンだ。

「よーし、がんばるぞ!」


幼い頃から、偉人伝という偉人伝を読まされ続けてきた。『ヘレン・ケラー』や『キュリー夫人』、『ナイチンゲール』。親は、いろいろな伝記を読ませることで、立派な人になってほしい、歴史上の人物から学びとってほしい、と期待していたんだろうけど、伝記の中には、私が憧れたり尊敬できる女性なんて、一人もいなかった。どの偉人の生き方も嘘みたいだったし、どの人生も羨ましくなかった。

親の期待とは裏腹に、私が初めて尊敬し、目標にしたいと思った人は、ホステスのお姉さんたちだった。

自分の意思で何かに向かって一生懸命がんばれない私が、〝努力〟という言葉を人一倍嫌っていた私が、水を得た魚のように張り切って働いた。火に油を注ぐかのようにどんどんケバくなっていった。

遠足に行くとき浮き浮きして眠れなかったり、持っていく三〇〇円以内のおやつ、何にしようかと一生懸命考えて、前の日からリュックサックの荷物を詰めた経験。そんな楽しい記憶が甦ってきたかと思うほど、毎日が冒険だった。六本木へと出かけることは、小学生の頃の遠足や運動会のように、うれしくてうれしくてしようがなかった。そこには、きれいなお姉さんたちとかっこいい男たちが溢れ、私は毎晩ウカレポンチな気分だった。

そしてどんどん贅沢になっていく。

スーツが欲しい。

カバンが欲しい。

指輪も欲しい。

時計も欲しい。

あれもこれも欲しい。

一三万八〇〇〇円の家賃を払って、欲しいものを買って、ちょっとした距離でもタクシーで移動をしていれば、お金はあっという間になくなっていく。一日二万七〇〇〇円の日払いホステスのバイト料を、入店時にはこんなにもらっていいのかなと素直に笑みを浮かべていた汚れない少女も、瞬く間にお金と欲望に汚れていく。

ただただ憧れていた装飾品もブランドも、見栄を張るための道具、空っぽな自分を着飾るための必需品だった。そのときはそういう哀れな自分に気づいていなかったのか、気づきたくなかったのか。どんどん、どんどん、くだらない欲望はふくらみ、もはや自分ではコントロールできなくなってしまった。とにかく、諭吉のお札がもっともっと欲しくて欲しくて、売り上げやノルマをつけ、努力を重ねた。

ホステスも、簡単そうに見えて実は大変な職業だ。毎日お客様に電話をし、お客様に失礼のないように細心の注意を払う。お客様あってのお給料なので、マメさと気遣いだけは自然に覚えた。私よりはるか上の一流のお姉さんたちは、日経新聞を毎日隅から隅まで読み、どんな職種の接待の席でも話を合わせられる人ばかりだった。そこは好奇に満ちた未知の世界で、私は数多くの人と親しくなった。本当にいろんな人たちと出会った。

＊

ナンバーワンといわれている、とてもかわいい女の子がいた。彼女の名前は、倉地明美。一九歳の彼女は、本当に羨ましいほどスタイルがよかった。私より、一、二センチしか身長が高くないのに、脚の長さはどうみても、もっと差があるように見える。栗毛から覗く小さな顔は、お人形さんのように整っていて、女の私から見ても惚れ惚れするほどかわいい。親しみやすい笑顔と、肝っ玉母さんとでもいうべき気さくな性格から、明美は誰からも愛されていた。しかも彼女は、全身シャネル。見たこともないような高価な貴金属や毛皮をたくさん身につけ、とにかく見た目は上から下まで「ザ・クラブ」。水商売の究極を行くようないでたちだった。

私はといえばシャネルがどんなものかすら、よく知らなかった。

たまたま銀座のデパートで見つけたシャネルのマークのお店に、これだと思って飛びこんだ。しかし、さいふの中身は三万円。一桁違うお値段に思わず息をのみ、サッサと逃げるように店を出た。妙に恥ずかしかった。明美と私の生活はこれほどまでに差があるのかと愕然としてしまった。

*

私は目黒のマンションで一人暮らし。明美は実家に住んでいた。

「一人暮らし、したい」

「なら近所に引っ越してきなよ」

こうして明美との近所づき合いが始まった。

自由気ままといっても一人暮らしは寂しいもの。家が近所になった明美と私は、連日連夜、二人で遊び続けた。

夜の六本木の街のネオンは、ブルガリやティファニーの宝石を一万個並べたのと同じぐらい輝いて魅力的だった。明美と会う以前の私なら、どんなにがんばって背伸びをしても、この街で大手を振って歩くには、ビジュアル的にも金銭的にも無理だった。でも、明美と親しくなったことで、六本木を堂々と歩けるようになっていた。明美と友達になることで、六本木との距離が縮まった。

彼女は気風《きっぷ》のいい、面倒見のいいお姉さんであった。私が病気で辛い時にはお見舞いに来てくれたり、お金に困っている時にも助けてもくれた。でも、一人でいたい時には、この優しさがお節介になる。色々なことが煩わしくて、人と距離をおきたい日もある。そんな時は、よく居留守を使う。勿論、彼女からの電話も取ろうとはしない。

にもかかわらず、繰り返し何度も電話をかけてくる。

「もしもし、いませんか？」

「もしもし、どこにいるの？」

「もしもし、何してるの？」

「もしも〜し、寝てるの？」

「もしもし……」

「ピーンポーン、ピーンポーン」

挙げ句の果てには家まで来て玄関のチャイムを鳴らす。

「愛、いるんでしょ?」

明美の威勢のいい声が、ドアの向こうから聞こえる。すぐに開けないと、今度はドアを叩き始める。やって来た理由は家の前を通ったら窓が開いていたからだ。

「これロレックスのホワイトゴールドよん!」

「ブルガリのスネーク、三八〇万よ!」

頼みもしないのに家まで見せに来る。〝ブルガリ〟といえば〝ヨーグルト〟しか思い付かなかった私だって、それを見れば欲しくなる。

そんな話は聞きたくない。顔もスタイルも私よりよくて家もお金持ちの明美に当然のごとく男たちの視線は集まる。私はここでも一番になれない。明美との距離が近づく一方で、心の中に得体のしれない重苦しくトゲトゲしい感情がわき上がってきた。

順子。

彼女もまた私の中の憧れ的存在だった。

透き通るような白い肌、真っ黒のストレートヘア、真っ赤な口紅がよく映える大人の女性だった。彼女の周りには男がいつもいっぱい群がっている。〝女王様〟とは彼女のためにあるような言葉に思えた。

この頃、彼女が好きになった相手は、一七六センチの長身、日焼けした肌に白いシャツが誰よりも似合っていた。サラサラの茶髪に、ちょっと渋い笑顔。18金のネックレスに、ロレックス。彼のことを好きだという女の子はたくさんいた。まさに当時絶頂を極めていた〝ディスコの黒服〟だった。

順子は簡単に彼の電話番号を聞き出し、毎晩のように電話をかけた。そして、彼と寝る。でも、彼女は、あまり嬉しそうな素振りやキャピキャピした感じを出さず、「これが当たり前よ」くらいの顔で、その一夜のことを淡々と話した。

その後、彼女は何度か彼に電話する。だが、次に会う約束をなかなかできなかった。彼女と一緒にいたある夜、「今から彼に会いに行ってくるの」と相変わらず浮かれた様子もなく、そう言って私たちと別れた。

ところが、一時間も経たないうちに彼女は私たちのところへ戻ってきた。

いつも気高く、感じ悪いぐらいクールな彼女が、目に涙をためているように見えた。それでも、喚《わめ》き散らしたり、弱音を吐かずに平静を装いながら、今さっき彼と交わした僅かな会話を感情を押し殺すように話し続けた。

「泊まってってもいいんだけどさ、一〇万円、貸してくれる？　好きなんだろ、俺のこと」

「帰る」

彼女は毅然と言い放つと、きびすを返して彼の部屋を後にした。

そして、その直後に私たちのところへ来たらしい。

彼女にしてみれば、男からお金をひくことは日常茶飯事だ。でも、逆をされることはプライドが許さない。きっぱりと突っぱねた彼女の心情は痛いほどわかる。

そして、私たちの前だからこそ泣き崩れることを決して許さない。プライドが彼女を支配していた。その後、何もなかったかのように振る舞う彼女。

いつ頃からか、お酒を飲んで荒れ出した彼女。何かがなくなったかのように……。

順子は酔った勢いで、何人もの男たちと夜を共にするようになった。極めつけは、友人の男を寝とったことだった。明美が海外旅行に出ている間に、明美の彼氏に手を出したのだ。

「もしもし、私。あのね、あんたの男と昨夜寝たから。じゃあねぇ」

そう留守電に吹き込んだりもした。

ちょうどその頃の明美は、その彼氏と付きあい始めたばかりだったのに。

奈緒。

彼女は器量が悪いからこそ、見栄っ張りな子だった。

自信のなさから来る対抗意識は、歪んだ形、負けたくないという態度に表れる。

明美が海外旅行などで家を空けると、彼女は気前のいい明美の性格に付け込んで、部屋を使わせてもらったりしていた。その部屋には、時計、宝石、ブランドもののスーツが、これ見よがしに並んでいる。

そこへ男を連れ込む。

「どう？　いい部屋でしょう？　これみんな私のなの」

彼女はハゲおやじを騙してお金が手に入ると、コンビニで数百円の買い物をするにも、わざわざ一〇万円を出してから、その中の一万円を抜いて払ったりもしていた。極めつけは、明美の宝石を無断で持ち出し、それを我が物顔で身に着けていた。

六本木の〝友情〟の中には計り知れない〝羨望〟と〝嫉妬〟が渦巻いている。このことを思い知らされる事件が毎日どこかで起こっていた。それは腹立たしいことでもあったが、どこかコケティッシュな人間模様だった。

それもこれも〝異性〟の存在がすべての原因だった。とりわけ輝いた存在の男たちを手に入れた瞬間はプライドを満たしてくれた。

私も、友だちも、そして、お姉さまもよく芸能人のお尻を追っかけた。

俗にいう追っかけではない。六本木などに毎晩のように、顔を出していれば、一週間に最低一度は芸能人とすれ違う。中でも流行のお店やバー、芸能人が集まる場所というのは限られている。そこに行くと、ミュージシャン、俳優、アイドル、お笑いタレントまでそれまで雲の上の存在だった人たちが普通に遊んでいる。不思議なもので女性のタレントは少なく、男性が圧倒的に多い。

そういう芸能人たちに声をかけられ、お酒を一緒に飲んだり、もしくはHをしたりすることを私たちは好んでしていた。

みんなとりあえず名前のある人と寝たい。興味本位や好奇心もあるけど、芸能人と寝ることは自分のステイタスだと思っているから、私たちは簡単に股を開いてしまう。

「大したことないのよ」

次の日になると決まって、笑い話に変えて話をした。たとえお笑いの人とでも、どんな不細工な人とでも、有名人と寝たことは、自慢なのだ。

でも、相手にとっては都合のいい、ただでやらせてくれるお姉ちゃんでしかない。それでも芸能人からの連絡を待ち、どんなに遊んでいても、どんなに忙しくても、誘われたら、その日はスケジュールを空けて待っていたりした。

普通の男の子に同じことをされたら「遊ばれている」と許せなかったり悩んだりするような状況でも、芸能人相手だと、「それでもいいから」と思ってしまう。

私たちはディスコで遊ぶために仕事をしていた。

イケイケのお姉ちゃんたちはみんなボディコンを着て、腰にチェーンベルトを巻き、シャネルのバッグを持つ。七センチ以上のハイヒールを履いて、浅野温子のようなワンレングスで、大きなゴールドのアクセサリー。彼氏にプレゼントをねだるなら、決まってカルティエの三連リングかティファニーのオープンハート。普段はボーイズサイズのコンビにテンポイントを腕に巻き、夜はロレックスの金ムク、ちょっと派手になるとピアジェやショパール、ブルガリのスネーク。出たばかりのベンツのSLかポルシェに乗っている男とつき合うのが憧れだった。まさにバブルの黄金時代。

私たちのバカ騒ぎが終わらないように、六本木のネオンが消えることはない。男をつかまえるのとは違って、タクシーは夜中の二時、三時にならないとつかまらない。つかまったとしても、帰らない。お店は朝の四時までやっていた。時々、警察が来ると、お店のライトを一回消して、営業を終了したふりを一〇分ぐらいして、また後にユーロビートの音楽に乗っかってみんなで騒いだ、朝まで。

私は〝終わり〟なんてないと思っていた。想像すらしたことがなかった。

このハッピーな時間、仲間たちと気兼ねなく遊び回る日々は延々続くんじゃないか、そう漠然と思っていた。将来のことなど考えてもいないから、心おきなく、瞬間瞬間の燃えるような恋愛を楽しめる。そしてそのために、男の勤めている店にも足繁く通うし、ナンパされるために目一杯オシャレもする。楽しくなくなったら、やめればいい。いい男は何十万人といる。私は何度でも恋をする。

今日が楽しければ、それでいい。

日に日に、私はお金の虜になっていった。

勤めていた六本木のクラブは、未成年ということを知り合いにチクられ、やめざるをえなくなり、一七歳の私は、銀座のホステスになっていた。

六本木と違って銀座のホステスは皆、おしとやかだ。六本木のホステスをバラエティ番組のパネラーに例えるなら、銀座は司会進行役。あくまでお客を立て、会話を仕切っていく。服装も、ケバケバしいスーツより、シックなスーツか着物。派手な格好より、落ち着いた雰囲気。客もそうした落ち着きを求めてやって来る。

私は根っからの六本木のギャル。MCよりも、パネラー。お客と一緒になって騒ぎ立てる。仕事よりも、その後に行くディスコの方が大事だったから、平気でへそ出しの格好で出勤したりしていた。おかげで、不動産関係や成金にはもてた。

銀座で働くのは苦痛だった。

自宅から銀座まで、渋滞の二四六をタクシーで走る。並木通りに差しかかると、お店は目の前なのに動かない。時計の針が八時を差す。お店は、一〇分遅刻するごとに、時給から引かれていった。三〇分遅刻するくらいなら、出勤しない方が増しだと途中で引き返し、遊びに行ったこともある。

銀座のクラブで、夜八時から一二時までの四時間労働で、日給四万円をもらっていた。バイト感覚のヘルプにしては、そこそこのお手当だ。でもその代わりノルマがあった。毎月、純利で三〇万円売り上げるという約束だ。

ノルマを達成するため、入店したばかりの時は毎日出勤し、同伴もいとわなかった。お得意さまへの毎日の電話も欠かさなかった。髪をセットするためだけに美容室に行き、着物を着て出勤したこともあった。がんばった月はノルマをクリアし、それなりのお給料をいただいた。

でも、行帰りのタクシー代、美容室代……贅沢をしなくても、毎日一万円が自己負担の経費として飛んでいく。ならば売り上げを増やそうとお客に気を使い、アフターもつき合った。が、当然、遊ぶ時間は減る。

私が働いているのは遊ぶためだ。これでは本末転倒だ。

私はゴールデンタイムを仕事で拘束されることが苦痛になり、お店をさぼりはじめる。お店もクビ同然で辞めた。

案の定、すぐにお金がなくなった。

周囲には、お店をパトロン探しの場と割り切って転々とし続けながら、金づるをつかんだら辞めるということを繰り返すヘルプの女の子たちもたくさんいた。パパという名の金づるをつかまえたり、特攻隊という名の売春を行う超マル秘労働のお姉さんたちもいた。

でも、私は、オヤジとエッチするのだけは絶対にごめんだった。私はまだ一七歳。私の中には、「生理的にできない」という、普通の乙女心がまだ枯れずに残っていたのだ。

ただ、ああでもないこうでもないと理屈をつけては悩んでいても、手っ取り早くお金を得られるスポンサーが欲しいと思う自分がいた。その思いとは裏腹に行動ができなかっただけだ。

でも、お金は欲しい。

見栄だらけの安い女になればなるほど、自分をもっともっと着飾りたい。

そのためにはやはり、もっともっと〝諭吉〟が必要。でも、売り上げだ、ノルマだと努力を重ねるのは苦痛。しかし、おやじと寝るのも嫌。スポンサーは欲しいけど、でも寝たくない。売春なんて絶対嫌。六本木で安くて五万、大体相場が一〇万、そして銀座だと二〇万。一晩、体を売れば、これだけのお金を手にできた。でも、それだけは絶対嫌。

お金は欲しいけど、オヤジと寝るのが生理的に受け入れられない。これからどういうふうにしていこうかと、友だちのヘルス嬢に相談した。

「だったらうちの店、紹介しようか。本番なしだから、ソープよりヘルスの方が楽だよ。水商売も気苦労が多くて大変だよね。ヘルスはいいよ」

彼女の手取りは、一日一〇万円近い日払い。

「私はこう見えてもホステスなんだから」とわけのわからないことを思いながら、彼女に仕事の内容を詳しく聞いた。正直、「やってもいいかな」と。

「どんなサービスするの？　要するにヌケばいいんでしょ？」

「うん、ヌイたら終わり。簡単よ」

「で、どうやってヌクの？　手？」

「まず、二人でシャワー浴びるでしょ。お客さんのアソコとか念入りに洗ってあげて。部屋は三畳くらいなのね。で、お客さんを仰向けに寝かせて、乳首とか、おへそとかキスしてあげるの」

「それで？」

「最後はシックスナインかな。裏とかさ、タマとかなめてあげるとさ、ウウッなんて声あげちゃってさ、結構かわいいんだ」

「えっ？　手でヌクんじゃないの？　口？」

「そうだよ。それをされたくて来るんだから」

手でサービスするだけだと思っていたら、口も使うなんて。絶対にそんなの嫌。でも、手だけのサービスだったら、今ごろ私は、売れっ子ヘルス嬢になっていたかもしれない。


ワタリダコ、トップスピン、レッドシューズ。キャバクラみたいなお店では、一日だけ体験ホステスのような形でバイトができた。しかも仕事が終わると日払いでお金をくれる。ギャランティーはクラブよりも全然低く二万円前後。それでも夜の八、九時から夜中の一、二時まで五時間働けばすぐにお金が手に入る。私はよくそういうお店で、年をごまかして日払いのバイトをしていた。

お店が上がると、そのお金を持って六本木に遊びに行く。それを繰り返していると、何となく毎日が過ぎてしまう。でも遊びまくって店に出なければ、当然収入はない。しかも、遊ぶため、着飾るために、毎月たくさんのお金を散財していた。

私は毎月、使ったお金を手帳に記していた。

一九九〇年一月、一〇九万五〇〇〇円。二月、九四万八〇〇〇円。三月、一五五万円。四月、一八〇万円……。

一瞬、自分の目を疑った。そしてその金額の多さに自分自身を疑った。

ポケットの中に五〇円玉一枚しかない。

家じゅうどこを探しても、どのスーツのポケットを探しても、どのバッグの中を探しても五〇円玉一枚しかない。

家賃一八万円。職業不定。日払いのバイトも行かなければ金は入ってこない。全財産は現金五〇円。それでも明日は来る。こんなときは合理的に、どう明日につなげようか、一生懸命考える。

五〇円で何ができる？　バスにも乗れない、電車にも乗れない。

クローゼットの中に入っているブランド品をかき集め、どれがいらないかジャッジする。でも、古いものは値が安い。手放したくない物、とっても欲しかった物、大切な物ほどお金になる。正直、悩む。

私は、貿易の仕事をしているお金持ちからもらった、まだ使ったこともない新品のハンティングワールドのボストンバックやお財布を全部まとめて質屋に持っていくことにした。

質屋のシステムはよくできていて、三カ月後に引き取るという条件のもと、お金を借りると利息が安くなる。買い取ってもらうぐらいの気持ちで預けると、それなりの金額をつけてくれる。でも高く預ければ預けるほど利息も高くなる。だから、要らないものは最初から流す予定で高く渡す。そんなこんなで質屋のおじさんとも仲よくなり、質屋に頻繁に通うようになっていた。

私は質屋に行くと、全財産の現金五〇円を一〇万円に増やした。ハゲオヤジを騙してもらったブランド品が、一〇万円に化けたのだ。その一〇万円を持って家に帰り、お化粧をして六本木へ逃げる。

だいたい向かう先は、六本木の流行のディスコ。お店の営業は深夜一時までだから、終わるか終わらないぐらいに顔を出すと、ただで入れてもらえる。もちろん、きれいなお姉さんたち——いわゆる常連さんたちや、芸能人たちは時間に関係なく、タダで入っていた。

私は未成年なので子ども扱い。「まあしょうがないや」という感じでタダで入れてくれていた。そして、踊って、タダでお酒を飲んで、帰りには従業員の人たちと同じまかないを食べて帰る。そうすると、食費も浮いてしまう。

その後、街をさまよっていれば、男性が声をかけてくる。

「ねえ、これからどっか行くの？　ちょっと飲みに行かない？」

今日はお酒が飲みたい。今日はカラオケをしたい。まだまだ踊りたい。自分の行きたいお店や、したいこと、そのときの自分の気分に合わせて、ナンパしてきた男の人にどこどこに行きたいとおねだりをする。例えば、声をかけてきた男性とカラオケに行けば、歌もタダで歌える。

でも連れて行ってもらったら、その男の人たちは無視。人の金で自由に遊びまくる。相手が怒ってしまってもかまわない。だって、人生の中で一瞬だけすれ違っただけの人だから。私には関係ない。

狭い店内にはカウンターしかなかった。

カウンター越しには、何人もの若い男の子が立っている。ウーロン茶が一杯一〇〇〇円もする怪しい店で、従業員と思われるその若い男の子たちは、愛想も悪く、サービスするわけでもない。ただただ茫然と立っているだけ。

ここは新宿二丁目。どこの町にも一丁目や二丁目はある。でも、この新宿二丁目は、日本中の二丁目の中でもちょっと特別な場所だ。

「自衛隊、自衛隊〜」

そのお店に入ると、自衛隊らしき人が、中森明菜の『少女A』の「じれったい、じれったい」のさびの部分をパロディーにして歌っている。私は何だかおかしかったけれど、他のお客さんはあんまり笑っていない。

お店をぐるっと見渡すと、大して混んでいるわけでもない。一人で来るお客さんが多く、大勢でお酒や会話を楽しんでいるような雰囲気はどこにもない。

この店は俗に言う「ウリセン」のお店で、男の子が体を売るお店だった。システムは、ショートで二時間八〇〇〇円。夜の一〇時から次の日までの泊りのロングだと二万円ぐらい。だから、夜の一〇時過ぎにお店の中で茫然と立っているのは、その日、売れなかった、客を引けなかった若い男の子たちだ。

そんなお店に私は通うようになった。


私が彼を初めて見たのは、石川さんの車だ。彼は石川さんのベンツのオープンカーの助手席に座っていた。

その日、私は川崎のワンルームマンションの静まりかえった部屋にいた。背中を向けて寝てしまった男を鑑賞しながら、暗闇の中で手紙を書く。手紙の内容は、「あした電話するね」。

音を立てずに部屋を出た私の向かった先は、石川さんの車。いろいろねだってはものを買ってもらっている石川さんの誘いは、そうそう断れない。アッシーにしてやれ、という思いもあった。

人通りのない国道に止まっている車の助手席には、もう一人若い男が乗っていた。それが信一。軽くあいさつを交わし、第三京浜をひた走る。都内に入り、朝まで営業しているお店を探す。たわいもない会話をしながら、目黒のファミレスの駐車場へと車を滑り込ませた。

車内では暗すぎて気づかなかったけど、目の前に座った信一は、なかなかのいい男だった。

「ねえ、彼の部屋にいたのに呼び出しに応じるってことは、食えなかったの？」

笑いながら石川さんが問いかけてきた。

「もう寝ちゃったのよね」

言外にとぼけたが、石川さんは執拗に突っ込んでくる。食った食わないなんて勘弁して。テーブルの下で蹴りを入れたかった。

そんな心情を石川さんが知る由もない。

「何だよ、答えろよ。食ってないわけないよな。あっ、大したことなかったってこと？　それとも中出しでもされちゃったの？」

石川さんは輪をかけて下品なことを口にする。

私の目の前には、今、新規の男が座っているのだ。そう、まだ封を切っていない、おいしそうなニューボトルが。

「食ったけど、シャワーから出てきたら、寝ちゃってたのよね。まあ、どっちかといえば、食われた感じだったの」

なあんて、日常的な会話ができるわけがない。さっき寝た男より、まだ指一本触れてない目の前の男の方がおいしそうに見えるのに。私は信一に媚びを売るように、ほほ笑んでみせた。

「石川さんたちと一緒の方が楽しいから」


次の日、信一から電話があった。

会う約束をした私の頭の中は、もう彼一色で浮かれ気味だった。昨日の失礼な男のことは、まあ、こんなものだろうとさっぱりと忘れてしまう。昨日寝た男から連絡がなくても簡単に許せたのは、信一の存在があるから。恋とは突然訪れるものと幸せを未来に託し遊ばれた過去を消すことは簡単だった。

「フランスパンが好きだ」という彼が私の部屋で朝食をとるまでに時間はかからな

かった。シャワーをゆっくりと浴びて、ボディーローションでお肌を潤わせた後に、お気に入りの香水を体になじませる。彼のためのパジャマと真っ白なシーツ。天国に一番近いベッドで飼い犬のようにお座りして待っている毎日。最も満ち足りた時《と》間《き》だった。

なのに抱いてくれない日があった。

もう飽きちゃったのかしら。それとも他の女といたしてきたのかしら。起《た》たないのかなあ。悲しい。どうして？　何で？　と、枕相手に独り言を連発する。一〇代や二〇代前半の若い男が、女と床を共にして何も感じないなんて考えられない。絶対おかしい。いつも体だけ求められると遊ばれていると腹立たしいのに、何もされなくなると突然、説明のできない不安と焦燥にかられた。

一体、何なの？

彼が私と寝ないのは、聞かなければよかったと後悔したほど最悪な理由だった。

「淋しい病気なんだ」

「え……なに？」

「……」

そう最初にいわれたときには、淋しがり屋の病気、躁鬱《そううつ》病の鬱のような感じなのかと、素直に真っ正面から捉えたけれど、それは私が純粋なのではなく、漢字がわからなかったから。そう、彼は「淋病」だったのだ。

私はお金がない彼を連れて、中目黒の共済病院の泌尿器科に行った。私たちの間では、そこが最高の病院だといわれていた。

保険証を持ってない彼の診療費は二万円。出費はもちろん痛かったけど、信一が、他の女と寝ていたことの方が痛かった。彼への不信感が一気に増し、狂わんばかりに嫉妬した。今までも気になっていたが問い詰めなかった彼の職業や、彼自身のすべてのことを明らかにしようと執着し出した。

でも、彼に問いつめても何もいわない。これ以上追及して信一を失うことも、怖い。手がかりは石川さんだけだった。でも石川さんも何も言わない。ストーカーにはなれないし、興信所に頼む金もない。つらかった。何よりも隠し事が一番つらい。軽い女でも、切ない想いやハートは一緒。私は深く傷ついていた。

「私のこと、どうでもいいと思ってるの？」

問いつめた結果、聞き出したお店は、新宿二丁目の例のお店だった。

信一は、ここで働いていた。

よく街路樹や電信柱のところに『ホスト一日二万円以上』と求人広告のビラが貼ってあるが、こうしたところはほとんどが普通のホストクラブではなく、信一が働くようなウリセンの店の広告だ。お金に困った男の子たちやローンであっぷあっぷの男の子たちが皆、その『ホスト一日二万円以上』のビラを見て、お店に面接に来る。面接は、ルックス重視で行われる。採用されると、本人は何のバイトをしているのかわからない状態で、一、二週間、オーナーの常連客の挨拶回りに連れ回される。ソープランドと一緒で、研修みたいなものがあり、オーナーの体を愛撫することから始まる。

石川さんはそこで男を買っていた。石川さんはゲイだったのだ。

そして、石川さんが買っていた男の一人が、信一だったのだ。

私はそんなことを何も知らず、石川さんの友達だと思う、その若い男に恋をしたのだ。石川さんの車の助手席に乗っていた素敵な信一は、新宿二丁目で体を売っている男だったのだ。

「は？」

私は聞いたとたん絶句した。驚いてしまって悲しむ暇もない。

「どういうことなの？」

私は信一を問いつめた。

「ねえ、一体どういうことなの？　説明してよ」

「………」

「なぜ、そんなことしてるの？　なぜ隠してたの？」

「………」

彼は重たい口を開いた。

彼の脱いだパンツを口の中に入れて、まるでごちそうを食べるかのように、ずうっとパンツを頰張っている変態がいる。彼の下半身をホテルの休憩の二時間中ずっと、口で愛撫している変態がいる。オナニーを見せるように強制するオヤジがいる。

「やめたい……」

信一は私の前で泣いた。

私は信一に夢中になっていた。借金があるからやめられないという彼の借金を、私が返してあげたいと思った。どうにかしてこの仕事をやめさせてあげたい。私はホステスだったから、月に何十万かのお金を男のために使うのは別に苦ではない。自分の貴金属やブランド物のバッグ、贅沢を我慢すればどうってことなかったから。そして、私は彼にお金を与えるようになり、彼は仕事をやめた。

その借金は本当にあったかどうかは定かでない。彼の要求はだんだんエスカレートし、やれ、あれが欲しい、これが欲しい、外国に行きたいとヒモのような生活が始まった。それでも私は、利用されていると思いながらも、そうまでしてでも傍に置いておきたかった。彼の望むことにできる限り応えてあげたかった。彼が体を売るのをやめるかわりに、私は、あれほど嫌がっていたオヤジと寝てお金を稼ぐ女になっていった。

*

中年太りの腹、水を弾かない弛んだ皮膚、それとは対照的な脂ぎった顔。近づけば鼻につく整髪料の匂い。それだけではない、四〇歳を過ぎると自然と身体から妙な匂いを分泌する、それが中年オヤジ。

生理的には受け付けない人種の前でも、私は股を開くようになっていた。

若い男よりも荒い鼻息が、耳もとに吹き付けられる。男のキスを避けようと身をよじってみても、爬虫類のような舌先が耳の穴の中に差し込まれる。ピチャピチャピチャ。唾液の音が聞こえてくる。男の舌は執拗に耳もと、首筋を這う。鳥肌が立つ。顔をなめられるより、下半身を舌が這う方が気が楽だ。ブラウスのボタンが外され、肉厚で湿った手が胸に伸びる。ゴツゴツした手がブラジャーの上から乳首をまさぐる。ホックが外される。男は手のひらで乳房を包み込むようにして、指と指の間で乳首に摩擦を加える。ブラウスが剝ぎ取られ、私はベッドに押し倒される。男の指がパンティーの上をなぞる。「あ〜んっ……」。そろそろ感じたフリをしておこう。中年の前戯ほど不快なものはない。早くそのペニスを挿入し、とっととイッてもらいたい。この思いが言葉になる。「ねえ、入れて〜」。男は即座にパンティーをむしりとる。乾き切った私の陰部に唾を塗りたくり、無理やり、挿入しようとする。だらしなく垂れ下がった肉がのしかかり、息苦しくて出る声をあえぎ声のようにする。とにかく、ことが早く終わることを待ち望んだ。

そして私は、この種の中年オヤジとの時間を何度も耐えることで、多額の収入を手に入れた。

白い手袋をした運転手、プレジデントの後部座席のドアが開かれる、二人を乗せた車は赤坂に向かった、いつものように。ただ今夜の相手は誰もが知っている大企業の代表取締役社長だった。由緒ある格式高いホテルの一室からは、見事な日本庭園が臨めた。気品あるリビングのテーブル上に、オヤジは三〇〇万円の札束をごく自然に置いた。「取っておきなさい」。そしてシャワーに向かう。私の中で「オヤジ」が「パパ」に格上げされた。

だからであろう、その後、身体を重ねていくが、パパにやられるのはイヤではなかった。いつのまにか私は自分の部屋にあげることさえも許していた。パパが私の部屋の玄関ドアを開ければ、大金が転がり込んでくる。パパは銀座で飲み明かした一二時過ぎに訪れ、ベッドで二時間過ごすと、携帯で運転手を呼び戻した。楽だった。それだけではなくパパは、今まで私が知らなかった大人の男というものを感じさせた。私の身体は何度でもイった。

パパはねっとりとした舌使いで優しく舐めまわす。と同時に熱くなった私の中に、パパの右手の人差し指と中指が入ってくる。指先がいたずらに刺激する、そのたびに私の体が小刻みに反応する。イヤらしい音が、私の耳にまで聞こえてくる。「ウゥッ」。両手でシーツを握りしめる。体内から溢れ出た液が、シーツまでも濡らす。

「あッ、イ、イっちゃう～」

私は腰をくねらせパパの顔に下半身を押し当てる。私は気が遠くなる。

「何が欲しいんだい？」

乱れ満たされ、またすぐ欲しがる私をパパは焦らせる。

「……パパが、欲しいの」

弛んだ背中に手を回し、大きく股を開いて彼の腰を引き寄せる。

「パパのナニが欲しいんだい？」


「お願い……、欲しいの……」


欲しいのはお金だけだったはずなのに。

でも、所詮、オヤジはオヤジでしかない。

生理中で嫌がる私を無理やり押し倒しタンポンのひもを抜く、刺青を背負ったオヤジ。お金をもらうことさえ怖くなり、逃げるようにその場を離れた。

バーコード、金縁メガネ、紺のスーツ。一見マジメそうなオヤジが平気で中出ししようとする。そのまま寝てしまったそいつの財布をこっそり見てみると、たった二万円しかなかった。

大声で笑うガマガエルが私の身体に香油を塗り、嬉しそうに舐め上げる。肉の塊が口の中に押し込まれる。肉塊を引き抜くと、オヤジは私の顔を押さえつけ、どろっとした精子を顔中に指で塗りたくり、その指は喉奥まで押し込まれた。

……吐き気を催す。

……凌辱、嘔吐、嗚咽、咆哮。

心が泣き叫び、喚き散らした。

「このクソッオヤジ、てめぇの変態行為を会社中にばらしてやる」

「おまえみたいな奴は社会から抹殺された方がいいんだよ、消えちまえ」

「親戚、身内一同におまえのスケベな本性をチクッてやる」

「おまえの娘にも、私にしたことと同じような惨めな思いをさせてやる」

オヤジたちと寝た後は、屈辱からくる復讐心で一杯だった。でもそうはしなかった。私は彼らからお金をもらっていた。

この頃の私は毎日、感情を綴っていた。部屋に一人でいるとき、思いつくまま、本心を綴っていた。恐ろしいほど、むずがゆくなるほど、純粋な文章。偽りの自分と正反対の自分。汚らわしい毎日を送っている、汚れた自分がわかっているからなのだろうか。

＊

1989.11.13

だれか、私のために涙を流せる男の人はいないですか。
みんな遊びで終わっていく。
愛してくれているのは、そのときだけ。
すごく寂しいよね。
でもこの人なら、それでもいいって思える人、どこかにいませんか。

1990.2.8

愛情ってどういうの。
愛してるってどういうことなの。
愛してるからそばにいたいの。
愛してるからだかれていたいの。
あの人は何を考えてるの。
あの人の瞳にはだれがうつっているの。
好きな人のためなら何でもできるの。
好きな人のためなら何でもあげられるの。
大人の男ってどういうの。
大人の男って何を考えてるの。
男の人ってだれでもいいの。
男の人ってだれでもだけるの。

愛されたいからゆるせたの。
きらわれたくないからゆるせたの。
遊びなんかで愛されたくないの。
あなたにふりまわされたくないの。
あなたのことふりまわしたいの。
どうして平気で泣かせるの。
どうして平気で笑ってるの。
どうしてふりむいてくれないの。

信一には他に女がいた。私はすべてがどうでもよくなっていた。

それからというもの、ときどき、寂しくなると、石川さんと一緒に二丁目に男を買いに出向いた。

二丁目の男は女でも買える。八〇〇〇円だったら安いものだ。だって、男の子たちはみんな本当はストレートだから、女が好きに決まっている。最初の出会いで八〇〇〇円だけ払えば、後はお店で買わなくても、電話番号を教えてもらってプライベートでつき合えばいい。私は客じゃない。

信一への当てつけのように、京介という男と寝た。

京介は、二丁目で買った男だ。買ってからプライベートでも仲良くなってつき合い始めた。京介は非常に割り切って二丁目で働いていた。後ろめたさや暗さは、微塵も感じさせない。そこが気持ちよくて、よく一緒に遊んだ。

彼の口癖は「こんなオイシイ商売ない」。

「だってそうだろ、ケツの穴貸すだけで金もらえるんだから。こないだなんか、デブのオヤジと沖縄に二週間行って、即金二〇〇万だぜ。お前ももっと、ハゲオヤジ騙して金引けよ」

京介に「オヤジを騙して金をもらった」なんていうと、「もっとやれ」と煽られた。ちょっと体を使って稼げるなら、稼ぐに越したことはない。もらった金で、その分遊べばいいじゃないか、と。

その頃の私は、軽率な男や軽率な女がかっこいいと思っていた。よく指で数えながら何人の男と寝ただの、何人の女と寝ただの、一晩に何回しただの、どんなセックスをしただのと、淫乱そのもののようなことを語り合い、笑い明かし、それで勝ち負けを決めていた。

京介とも会うたびに寝た。でも、彼氏、というほどではない。仲のいい、気の許せる、セックスフレンド。尻が軽い方がかっこいいという錯覚に陥っていた時の友達の一人だった。

愛している人に抱かれると、体が感じる前に、脳が感じる。〝愛してる〟という感情が、いつも以上に神経を高ぶらせる。脳も体も、すべて快楽に支配される。

京介とのセックスは、スポーツみたいなものだ。キャッキャとじゃれあいながら、服を脱がしあう。冗談口調でキスを交わし、「ここかな、それともここかな？」とふざけあって相手の感じるところを探しあう。純粋にセックスだけ楽しんでいるから、傷つくこともない。

信一とのセックスは違う。彼を愛しているから、彼のいつもと違う愛撫や、いつもと違うキスに、他の女の影がちらついてしまう。切ないセックスだ。だから、他の男と寝る。他の男と寝れば、信一を思い出すこともない。彼の女を思い浮かべることもない。

私は別に寂しくなかった。そう思っていた。

寂しくなったら京介とでも、行きずりの男とでも寝ればいい。ディスコで男を漁っても、二丁目で買ってもいい。誰かとセックスすればいい。

どうでもいい男はどうでもいい。でも、大好きな男と体を重ね、そして帰ってしまった後は、寂しさで狂ってしまいそうになる。寂しさを埋めたくて、どうでもいい男をセックスするためだけに家に呼んだ。

寝れば寝るほど、どうしようもなく私の中の空白が広がっていく。それを埋めたくて、また誰かと肌を合わせる。優しい気持ちになって、人を好きになって、裏切られて、傷ついて、立ち直れなくて、嫌な人間になってしまう。痛い、苦しい思いをするのは恐いから、バリアを張って、強気に開き直って生きる。でもそのとき、だれかの優しい気持ちに触れると寂しくなる。そして、また優しい気持ちになっても、裏切られるとすぐに開き直る。

ずうっとそれの繰り返し。

一九九〇年、冬。私は、ニューヨークにいた。十八歳になりたてだった。

それは私にとって、かけがえのない体験だった。

JFKからブルックリン橋を渡るとニューヨーク州だ。有名なこの橋からマンハッタンを望んだ瞬間、鳥肌が立った。

「すごい……」遠く前方にそびえ立つビルの群集に心が躍った。

未知の世界を前に、不安というネガティブな発想のかけらが何一つない。それどころか、絶対使いたくない、口にしたくない〝夢〟と〝希望〟に満ち溢れていた。私の目にマンハッタンがせりあがってくる。

私を乗せたイエローキャブがマンハッタンに飲み込まれる。私は窓を下ろした。高層ビルの谷間から見上げるしかない空は長方形で狭く遠い。そこから目線を下げると派手なアメリカの国旗が風に泳いでいる。ニューヨークの喧騒が飛び込んでくる。PCのサイレン、無駄に鳴る車のクラクション、街行く人の声が不思議な響きをもって、私に迫ってくる。

「これって、英語を理解できない特権だな！」と胸を張ってしまうほど、この街の奏でる音に魅せられた。

音の洪水の中で、私は恍惚としていた。

「これが、ニューヨークなんだ!」

目の前の欲しいものを欲望のままに欲しがっていた私が、ただ素直に、ニューヨークに圧倒されている。マンハッタンの迫り来るビルに、刺激的な街の音に。


翌朝から、「こんなに体力があるのか」と、不思議に思うぐらい、街中を歩き回った。睡眠なんて必要ない。

「早起きは三文の得」をアメリカで初めて知った。

大っ嫌いな動物にも話しかける余裕があった。セントラルパークのリスをかわいいと思い、カメラのレンズ越しに追いかける。

公園の芝生に寝転がる。こんなに気持ちのいい蒼い空を見たのはいつ以来だろう。まぶたを閉じても風が見える気がした。今まで五感を使っていなかったのかもしれない。まあ、そんなことはどうでもいい。

「ニューヨーク　大好きい！」

「好き」に理由はいらない。瞬間的に感じるものだ。

この旅で、一人の女の子に出会った。

私はどちらかというと警戒心が強く、人見知りが激しい。知人はたくさんいるが友達になるのに時間がかかる。そうとう興味を持たないと深入りしようとはしない。でも、〝ニューヨークに住む日本人〟には弱い。親しくなりたくてしょうがない。麻理子はそんな中でも、特別な存在になった。

滞在三日目の夜、コンコンと部屋をノックする音がする。

治安が悪いニューヨークで、チェーンロックを外し無防備にドアを開けるのは危険だ。私は覗き穴から廊下の様子を確認した。ニューヨークに留学しているＤＪの正樹の顔が見える。彼と会うことも、この旅の目的の一つだった。私はもう一度確認した上で、ゆっくりとドアを開いた。

正樹の奥に、何人かの見知らぬ人が立っている。その中で、ひときわ気になる女性がいた。

「すげぇねーちゃん、アタマ銀色じゃん！」。とても日本人とは思えない色の抜けた髪の毛に、無機質な化粧。眉毛は細く、目の周りは黒いアイシャドー。顔色はどこか悪いのかと心配になるほど青白い。

映画やテレビで見る外国人の交わす挨拶、その外国の文化に染まっていく日本人たちの交わすオーバーアクションなハグとは違い、彼女はスッと手を差し伸ばし、私と握手を交わした。

「初めまして」

麻理子との出会いだった。

彼女は私の一つ年上で、中学を卒業してすぐに、そのままアメリカに留学をし、現在、ニューヨーク州にある大学で心理学を専攻していた。なぜ心理学を専攻したかについては「何となく」としか語らなかった。なぜ留学したのかについては「通訳になりたい」だった。

プラスティック。鋭い。冷たい。近寄りがたい。
それが、彼女への第一印象だった。
私も人見知りする。人見知りはするが、建前、社交辞令はある程度、備わってい
る。彼女は私が笑いかけても、何のリアクションもなく、表情一つ変えない。とい
うより、あの化粧では表情なんてわからない。多少の嫌悪感を覚えた。でも、人は
自分と違う生き物に興味を惹かれるものらしい。
その夜、私は彼女たちと、みんなで流行のクラブに足を向けた。
ニューヨークのクラブは入り口の前に赤いロープが張ってあり、お客さんの入場
を制限している。昔、八〇年代、六本木でディスコが流行った頃、服装チェックや
年齢チェックなど、お客さんの入場を盛んに制限している時期があった。その様子
を思い出す。
私たちが出向いたイベントはゲイナイト、つまり男性同士のパーティであった。
女性二人連れや田舎者、ダサイ人や年齢が若いと見なされた人間は、そのロープ

をくぐり抜けることができない。日本では、年なんてサバをよめば済んだけど、こっちでは身分証明書の提示を迫られ、持っていないと入れてもらえないことが多い。私は何の知識もないまま、彼女について並んでいた。右からも左からも、耳に入ってくる言葉はすべて英語、そしてタクシーのクラクションすべてが音にしか聞こえない。その音の洪水は、いつも私を恍惚とさせる。

「行こう」――麻理子は長い列を無視して赤いロープを簡単に潜り抜けた。

誰も文句を言ってくる様子はない。いつもどおりなのだ。

「すごいこの子　常連なワケ⁉」

彼女のカオで並ばずに入ったクラブは、私に衝撃を与えた。

東京で最先端といわれている数々のお店をはしごし、我が物顔で遊んでいた自分が、その鼻をへし折られた。武道館と同じぐらいの広さで吹き抜けのホールにまず圧倒される。高すぎる天井とあらゆる壁にＣＧを駆使したドラッグビデオが視覚を刺激する。ＤＪのデヴィッド・モラレスが流す大爆音、ウーハからの低音は心臓に強く響きＤ－Ｌｉｇｈｔが調子イイ。

ドラッグクイーンが行き交い、ゴーゴーダンサーが踊り、ゲイたちが上半身裸で鍛えた肉体をエサに求愛ダンスをしている。

「Hi」

彼女は軽く挨拶を交わすと、どんどん奥に入っていく。

私は迷子にならないように急ぎ足でついて行く。

彼女はクラブにしっくりと馴染んでいた。自分の庭のようにクラブを歩き回り、顔見知りと談笑する。そのひとつひとつの振る舞いが、カッコよく映る。すれ違う人とハグをし、軽くキスを交わすし、笑顔で会話をする。この子、笑えるんじゃないかと不快に思うほど、麻理子は楽しそうであった。そんな様子は現実離れしていて羨ましかった。

「いいなあ、この子」

私は初めて訪れたニューヨークで、目に映る物すべてに感動し、感激し、浮かれている。絵に書いた様なオノボリさん。彼女といるとそんな自分が嫌になる。一人の観光客である自分が許せなかった。

「私って、ダサイかも……」
私もこの街で遊びたい。外国人と遊びたい。英語で遊びたい。
「麻理子みたいに成りたいっ！」。私の中のミーハー心が騒ぎだし、
彼女への興味は深まっていった。とにかく友達に成りたい。
朝の六時だというのにゲイワールドはこれから更に昼まで盛り上がるらしい。
次ぎの店へ移ろうとする麻理子らに
「ねえ、また今日の夜も一緒に遊ぼうよ！」と約束をせまり帰ると告げた。
「OK、起きたら電話して」両手を伸ばしてきた麻理子と自然にハグをし別れた。

その夜、SOHOの麻理子の部屋に私はお邪魔した。
三LDKほどの広さをルームメイトとシェアして暮らしている。
彼女らしいさっぱりとした部屋のソファーに腰をおろす。

麻理子とは、まったく恋愛の話にならなかった。普通女同士の話といえば九〇％

は男のことだ。男性同士も異性の話で盛り上がることもあるだろうが、仕事の話をすることも多いはずだ。でも、女性は常に恋の話に夢中だ。

男の話でしか盛り上がることを知らない私は、何を話していいのか、何か共通の話題はあるのかと、弾まぬ会話とぎこちない空気に多少の焦りを感じていた。居心地が悪いのは、彼女も同じだっただろう。

ふと、縦長の窓に目をやると横にはチューリップが生けてある。

意外だったので気になった。それ以上にシーンとした部屋で薄く流れていたBGM。踊り狂っていたクラブ系の音とはかけ離れた、清らかで美しい曲。――「こんな趣味があるんだ」

『Ｃｏｃｔｅａｕ Ｔｗｉｎｓ』

優しく心地よいその曲のアーティストは私のお気に入りとなりこの時間をいつも思い出す。刺激的なニューヨークで唯一の静かな瞬間だった。

「Hi、遅くなってごめん」正樹がやっと来た。

「どこ行こうか?」一息つく間もなく、すぐさま出かけようとしている。

「まかせるよ」私はタバコとライターをポケットにしまった。

「あっ、フリーオナニーの店に行こうかっ!」

「はあ?」

「あのね、スッゴイおもしろいのよ! 行こう」。麻理子がくすっと笑いかける。

なッ なんじゃそれ? なんじゃそのフリーオナニーとは…?

なんだ? なんだ? なんなんだ? なにがおもしろいんだ?

……………なんだかおもしろそうだ!

街灯の少ない危険な道を「恐いよ~、寒いよ~」とコートに手や顔をうずめ、亀の様になって震えながら歩く。風が強すぎて上を向けないでいると、足元に使い終わったコンドームが落ちていることに気づいた。

よく見るとあっちにも、こっちにも、「あっ！　またここにもあるっ！」

「ねえ！　ねえ！　なんで？　なんで？」はしゃいでる私に教えてくれた。

「この辺って、売春婦がコンドームを10ドルで売ってるのよ。フェラチオ付きで」

「へぇ」よくできた商売だ。

ぽっかり口を開けたまま辺りを見渡すと、超ミニスカートに網タイツの派手な金髪ねーちゃんが何人か距離をおいて立っている。

「踏まないように気をつけてね」

「うん」

今まで犬のフン以外に気をつけたことはなかった。

このコンドームストリートに目的の店はあった。

タバコの吸い殻やビールの空き缶が転がっている階段を地下へと下りる。入り口でマッチョのヒゲおやじにボディーチェックをされた。バッグの中のカメラを没収しようとしたから「なんでダメなの！」弱々しく文句を言うが、日本語だ。「大丈夫。帰る時に返してくれるから」と麻理子が応えてくれた。暗がりの通路をぬけると大きな扉があり、それを正樹が開けた。

私がそこで見た光景は…………………。

「♀▲♂$&♂。☆★。♀×。●◎♪♀」

……………………うっそ！

オチンチン　オチンチン　オチンチン　オチンチン　オチンチン
オチンチン　オチンチン　オチンチン　オチンチン　オチンチン
何？　夢？　幻覚？　妄想？　うん？……妄想じゃ哀しいじゃん！

「ちょ　ちょっと！　こっここはなんなんだ？」

びっくりたまげてる私に彼女達は笑いながら言う。

「フリーオナニーの店」

本当だあ。どいつもこいつもオナニーしてるよ！　しかも店内をうろうろしながらだ。裸に靴下で革靴。上半身はネクタイにジャケットの人。

「Oh～u yes yes」　洋ものポルノの声がサラウンドで聴こえてくる。

ソファーの隅で黒人のおばさんが素っ裸でオナニーしてる。

それに裸が群がっていく。小走りにこきざみにピストンしながら。

「側で見ようぜ」　正樹が誘うがためらった。

正樹はポケットに利き手を突っ込んで「穴あけてあるんだ！」と言い残し独りおかず探しにさまよい始めた。

カウンターに飲み物を買いに行くと、その上でSEXを楽しむ男と女がいた。周りはそれでオナニー。見られている女は相当よがっている。

何処に行っても目のやり場に困るが、なんとなく慣れてきた。麻理子が隣にいなければ、もし独りだったら……そう思い少し興奮する。

「ねえ…」　麻理子の声にびくっとした。

「あそこでSMやってるから見ない？」

指差した方向では鎖につながれたデブ女がTバックのパンツのよぼよぼじいさんにアンマ機みたいなバイブで攻めてもらっている。

麻理子はそこで、ネクタイを締めた紳士となにやら会話をしムチを手に取った。

「なにすんだ？」。とその瞬間パチーンと音をたてた。

パチーンパチーンと、休むことなく痛そうな音が響く。

「ああ、気持ちぃい」と呟く彼女。

私にはわからない世界だ。

この時、初めて触れた非日常の世界は私にとって〝性〟の社会科見学だった。目の前で繰り広げられているおぞましい光景は、理解を完全に超えていた。そして、なぜか教会にいる時のような神秘的な空気さえも感じた。

……わかんないや。

麻理子に質問してみた。

「まったく知らない男叩いてさあ　何がどう気持ちいいのかな？」

「………」

「………わかんない。なにか、なにかに対しての復讐心みたいな……そんな感じかな？」

「そうだなあ、なんだろう。正直いうとわかんないの」

「でも、気持ちよかった」と微笑んだ。


ニューヨーク最後の日。その夜、彼女がホテルに訪ねてきた。しばらくとりとめもない話で盛り上がっていると、麻理子が突然、

「私、レズビアンなの」そう言った。

私は自分の耳を疑った。

恋愛対象が男だろうが、女だろうが、同性だろうが、それ自体は新鮮な話でもない。周りにゲイの子たちもたくさんいれば、大好きだった男が男に体を売っていたことだってあるのだ。もう、ちょっとやそっとのことでは驚かない。

でも、私は驚いていた。レズビアンであるということにではない。

彼女の唐突な告白にだ。

「へえ、そうなんだ」と、あわてて返した。

動揺してると思われたくないし、平静を装ってるのも悟られたくはない。麻理子はそんな私に気づいてない。

「うん　わかんないんだけど……ね。私、男を好きにならないのよ」

「………」

「レズビアンなんだけど………」

「なんだけど……何？」

「………」麻理子が話しをやめた。

一瞬、それは何か、これ以上の事を話すのをためらうようにもみえた。

私は彼女の「レズビアンなんだけど」この先が聞きたいが、

「ねえ、こういうこと、私に話しちゃっていいの？」

といい人ぶる。

麻理子はそんな心配をする私をよそに、自分の体験をカミングアウトし始めた。

相談といったものではなく、自己紹介的に。

「男性と関係を持ったこともあるよ。でも、気持ちよくないの」

「でも、それは…」

「もちろん　好きだった男よ」

私がなにをいわんとしてるかはすぐわかるらしい。

「気持ちいいどころか……気持ち悪くなっちゃって」

好きな男性に抱かれているのに、体が拒否反応を起こしてしまったらしい。

「好きな女の子とのセックスは感じることができたわ」

「……」聞きながら、うなずくことしかできなかった。

「男の人だとダメなの。イヤでイヤで……」

麻理子はずっと視線を外さない。

「何でだろうね？　どう思う？　愛ちゃん」って、何、相談だったの？

まだ二、三回しか会ってない私にこんな内容の相談することの方が、余程「何でだろう？」だし、「どう？」かと思うんだけど。

それほど信用してくれているのかと嬉しくも思う半面、この子は少し軽率なのではないかとも疑った。

「女の子を見るとかわいいと思うし、好きになる」

麻理子は淡々と語る。

「でも、男にしか興味のないような女は大嫌い」

ムッとした。私のことを言い当てられた気がして。彼女は恨みつらみをいう風でもなく、さらりといってのけたが、その一言から、私は勝手に麻理子がレズビアンになった理由を決めつけた。

きっと麻理子は、大好きな人に屈辱的な振られ方をしているんだ。

大好きな男性に非常に露骨な立ち直れないような振られ方をしているんだ。男に相手にされなかった自分を認めたくないんだ。オブラートに包んでそれとなく聞いてみる少し意地悪な私に、

「……そうだね。そんなこともあったよ」意外にも素直な返事が返ってきた。

女性としての自信を奪われ、男性への恐怖心を抱く。異性を受け入れない。これもまた自分を守るといった歪んだ自己愛の一つの形なのかもしれない。


「頭では理解しても、心では割り切れないみたい」

「素直だね。かっこいいよ、麻理子」

麻理子の話を聞きながら、私は自然に「かっこいい」といっていた。


ただ、そこは寝室だった。

私はベッドに座りながら、足を組み、そう話す彼女の背中越しの鏡に映った自分を見ていた。鏡の中の自分はやっぱり怯えていた。例えば、行きずりの男性と、別にそんなつもりもないのに、二人っきりになってしまった時の恐怖感。自分が口説かれているような錯覚に陥っていた。

「だいじょうぶよ、襲ったりなんかしないよ」

麻理子は声に出して笑った。

「私ね、生理がもう二年もないの」

「えっ？」

「女であることを必要としてないからかなあ。まあ楽ではあるけど」

私の周りは男好きの女の子ばかりで、生理がないなんて話は、妊娠してしまったときにしか聞かない。ただ一人、過去にどういった大恋愛、大失恋をしたのかわからないが、男には気をとられず、仕事一本、男まさりで働く友達がいる。その友人も「生理がこの二、三年ない」といっていた。

「子どもを作りたいわけでもないし、男とセックスするわけじゃないから、どうでもいいんだけど。私、女じゃないのかな」

麻理子は笑っておどけてみせた。

麻理子は自らのコンプレックスに向き合おうとしている。

私はといえばコンプレックスから逃げ、周囲に隠そうとしてきた。

でも彼女は、自分自身を真正面から見つめていた。素直な麻理子の前で私も素直になれそうな気がした。

私たちはハグを交わした。別れ際、麻理子の目が赤くなっていたのを見て、何だかうれしかった。

麻理子のおかげもあって、ニューヨークは私にとってかけがえのない街になった。

「ニューヨークに住みたい」

私は強く、心に思った。

帰る日の朝、私はニューヨークの七日間の滞在を思い起こしていた。どんなに思い起こしても思い足りない。どんな形容詞を使っても、この感動を伝えることはできない。そんなことを考えながら、またブルックリン橋を渡っていた。

早朝の霧がかかったマンハッタンが、タクシーの窓から背中越しに、寂しげに流れていく。

朝一の便で、私は成田に向かった。帰りの飛行機の中で、たくさんの刺激を受けたニューヨークに、そしてニューヨークで自然に生きている麻理子に対し、なぜか焦りを感じていた。これからの目標もなく、平然と生きている自分が情けなくなってきた。

私は何をしたいんだろう。

成田空港から自宅に帰る道すがら、ニューヨークの私を現実の私に引き戻したのは、消費者金融の看板だった。海外旅行をし、大金を使い、仕事を休み、家賃を払う。現実は、ため息が出るくらい陳腐で情けない。

あの街に住みたい。

Ⅲ

○が七つ並んでいた。
『上記金額正に領収いたしました』

その一枚の紙にはそう記してある。

これにサインをしたら、もう後には戻れない。私は不思議とサバサバした気持ちでいた。何カ月も考え、決断したことだ。今さら、うろたえてもしょうがない。

ふーっと息を吐き出す。ボールペンをしっかりと握る。

私はサインした。

世の中では、バブルがはじけ始めていた。簡単にタクシーがつかまるようになり、「不景気だ」「あそこが倒産した」という会話があちこちで聞かれるようになっていた。

街中にも、確実に不景気の影は忍び寄っていた。もちろん、そんなことに気づかないくらい私たちの周囲は賑わっていたし、ネオンの明かりは輝いていたが、何かがちょっとずつ変わってきていることも感じていた。

ゴールドと毛皮が街から少しずつフェードアウトしていく頃、芝浦の〝ジュリアナ東京〟では、パンツを見せるためだけの女たちが、お立ち台の上で扇子を持って踊っていた。私が知っていたディスコの音楽とはBPMも変わった。その速くなったビートに乗って、新しい踊りを踊る。

世の中が少しずつ変化し始めていた頃、私は一生の決断をしようとしていた。

私はAVに出演しようとしていたのだ。

契約金は一〇〇〇万円。想像したことのないお金と、想像したことのない世界。

そんな中に足を踏み入れようとしていたのだ。

「アダルトビデオ、やってみない？」

私にそんな言葉をかけてきたのは、友人の健二だった。誰もが名前を知っている人気AV女優の吉村理沙とつき合っていた。

健二は六本木や渋谷に網をはって女の子をつかまえるような〝定住型〟の狩人ではなく、夏は沖縄で住み込みのバイトをして、ナンパとサーフィン三昧、冬は苗場のディスコで働いて、スキーとナンパ三昧、という〝移動型〟の狩人だった。女の子たちは、そんな狩人たちに狩られるために、冬はスキー場、夏は海に積極的に繰り出す。

私も冬は苗場に出かけた。しかも、スキー服を持たず、毛皮にアクセサリーという六本木の戦闘服で。私たちのお目当ては、苗場の夜。要は、ちょっとしたアバンチュール。男さえ捕まえれば、宿泊代はタダ。交通費もタダだ。

私が健二と苗場で出会ったように、彼女もまた、私たちと同じように苗場に繰り出して、健二と出会った。

「そりゃあ、目立ったよ。苗場のディスコの客の視線を一身に集めてたからさ」

健二は誇らしげな顔でそういった。

彼女は目立つだけでなく、ハンパじゃない上昇志向があった。けして売れっ子AV女優という肩書に満足しているような人じゃない。何ごとに対してもハングリーで、AV女優のマネジメントにまで手を広げようとしていた。AVのマネジメントには才覚がいるが、それほど難しい仕事内容ではない。ようは出演してくれるカワイイ女の子を一人でも抱えれば成立してしまう仕事だ。そのコをAVメーカーに数本単位で契約させ、雑誌に顔を出させれば、それだけで一本何百万円単位のお金が入ってくる。つまり、スカウトと売り込み。

たまたま、その友だちの健二が、彼女に、私の写真を見せたのがきっかけだった。

「このコ、いいじゃない」

私は彼女と会うことになった。

待ち合わせの駅に、彼女は濃いブルーのポルシェでやって来た。

「乗ってよ」

低い車体。レザーのシートからすらりと伸びた脚のラインは、女の目から見てもゾクッとするほど綺麗だった。さっと街を走りぬけたポルシェは、南麻布の超高級マンションの地下駐車場へと滑り込んだ。そのマンションの一室が彼女の自宅兼オフィスだった。通されたリビングのあまりの豪華さに、私はブッとんだ。

「すげえカッコいい」

すすめられるままL字型のソファーに腰を落とすと、それはフワッと沈んでとても柔らかく私のカラダを包み込んだ。ほどなくミントンのカップで紅茶が出てきた。部屋の中をぐるりと見渡すと、お金をかけていることが一目でわかる装飾がなされている。フランス貴族か、イギリスの王族といった感じだ。

「あなた、お金、稼ぎたいでしょ」

呆気にとられている私は、彼女の言葉ではっと我に返った。

吉村さんは綺麗な人だった。男たちの視線を釘付けにして離さない〝華〟があった。男がどんな目で自分を見ているか知っている、そしてそれを誇りに思っている、そんな自信に満ち溢れていた。私は、それを前に、圧倒されてしまっていた。

「チャンスだと思ってやってみなよ！」

指先にはさんだメンソールを真っ赤な口紅をひいた唇に持っていく。煙が、ゆっくりとその口元から吐き出される。

灰皿でタバコを消すその長い指には、深紅の大きなルビーの指輪が輝いている。しかも二つだ。その見たこともないような大きなルビーに、私の目は釘付けになった。

「ああ、これ？　いいでしょ」

私の視線を感じた吉村さんが、宝石を目の前にかざす。

「あなた今、ここで契約書に判子押したら、これ、あげるわよ」

「……………」

「まあ、私があげなくても、こんな指輪、何個でも買えるようになるわよ」

「……………」

「本当に笑いが止まらないくらい、お金が入ってくるわよ」

「…………」

「あなた、自分でいくらでも稼げるのよ」

「…………」

「この業界、どうでもいい子は、安く使われて終わり。そうね、高くてもせいぜい一回五〇万。それで、使い捨てられるだけ。やるんなら、しっかりした事務所に所属して、大手のレーベルから出さないと」

「…………」

「あなたなら、大手が放っておかない」

「…………」

「やりなよ！　お金には本当になるから」

「…………」

「あなたは絶対、売れるわよ」

私は他人事のように吉村さんを見ていた。

「お金があれば、何でもできるわよ」

彼女は、自信たっぷりに話しかけてくる。


それでも私は首を縦に振らなかった。

ただその時は断ったけれど、頭には「アダルトビデオ」という言葉とともに吉村さんの自信に満ちた表情が強烈にインプットされた。

お金が欲しいのは事実だ。少しだけ興味が頭をもたげた。

AV自体は、彼氏と観たことがある。でも、いざ自分がやるということは、まったく想像できない。想像すると私の中の何かが「うん」といわない。

AV女優という仕事を、どこかで嫌悪している私がいた。あたり前だ。私は中途半端な露出狂で胸の谷間やパンチラに男の視線を集めても、人前で裸になったり、性行為をしたり、自慰行為はしたくない。不特定多数の人や、ましてや知人になんて見られたくない。恥ずかしい。

周囲にはフーゾクやってる女の子もたくさんいたし、ホステスだった私は、平気で客を引いていた。ハゲオヤジとも寝た。

「別にいいじゃん。関係ないじゃん」

体を使って商売して悩んでいる友人には、そう言葉をかけてあげたけど、いざ、自分がしようとすると、そうは思えない。学歴や職業など関係ないと反発も続けてきたのに、「あなたの経歴は消せないのよ」といっていた母の一言が重くのしかかっていた。

そんな自分の中の矛盾との格闘が三カ月も続いただろうか。

桜樹ルイ、白石ひとみ、朝岡実嶺……。黒木香や樹マリ子の後をうけた、新しいAV黄金時代が始まろうとしていた。AVギャルたちは、深夜番組にも進出し始め、雑誌のグラビアの登場回数も格段に増えていた。

一九九一年の夏、一八歳の私にAVデビューの話が持ち上がったのは、そんな時代だった。

世が不景気になれば、真っ先にそれを感じるのはホステスだ。客足が遠のき、お客が売り掛けを踏み倒していったりと、バブル崩壊の波は押し寄せていた。

一八歳のときに訪れたニューヨークに、どうしても留学したかった。

確かに他のOLよりも、ホステスは実入りがいい。でも、ホステスとして生きるためにはそれだけお金がかかる。ブランドものの服、靴、アクセサリー、時計……。それに、自分のグレードを上げるため、自分の見栄のために、自分に投資してしまう。それに、目の前にちょっとまとまったお金があって、遊ぶ友達がいれば、貯めておくことなんて不可能だ。そんなことはわかっている。でも、ニューヨークに行きたい。まとまったお金が欲しい。

それに借金があった。毛皮や宝石に化けた借金が三〇〇万円。クラブのお客が踏み倒した売り掛けの負担金が二〇〇万円。ニューヨークに留学するために最低でも三〇〇万円。それに加え、引っ越し代一五〇万円。ざっと見積もると合計一〇〇〇万円近いお金がどうしても必要だった。留学もしたい。でも、その前にどうしても引っ越さなければならない事情もあった。

「お金が欲しい」

私は割り切った。

一九歳の誕生日を数週間後に控えたある日、私は吉村さんに連れられて四谷にあるオフィスに向かった。なんの飾りもない殺風景なワンルームには、一組の黒いソファーだけ置かれている。

「君いくら欲しいの？」

高そうなダブルのスーツに身を包んだ三〇代前半の不動産業か外車のディーラーを思わす男性が、単刀直入に聞いてくる。

「……一〇〇〇万ぐらいは…」

彼はプロダクションの社長だった。

「大丈夫だよ。ボクにまかせて」

社長は自信満々の笑みを浮かべた。

「四月から留学したいんだったら、一月から三カ月だけ働けばいいじゃない。三カ月働くなら、一〇〇〇万円は最低保証するから」

社長のその言葉に、無言で頷く。
一、十、百、千、万……。見たこともない金額を頭の中で数えながら、私はニューヨークに思いを馳せていた。
そう、私は自分を蝕む価値観に別れを告げ、夢を実現させるためにAV女優になる決断をしたのだ。

「それじゃ、行こうか」

えっどこに？　と思う私の気持ちをよそに、連れて行かれた先は近くにある撮影用スタジオだった。

「この子、ウチの新しい子なんだ。宣伝用の写真よろしくね」

スタジオでは他のAV女優たちが、パッケージ用の写真を撮っているらしかった。

私は、その日着ていたスーツ姿で何枚も写真に撮られていく。ああ、私はAV女優になるんだ。漠然とそう思った。

撮影が終わって控え室に戻ると、机の上に、封をといていない束が二つ置かれていた。二〇〇万円。

「その前に、これでキミをもっと磨いてよ」

「お化粧と同じよ。お化粧してキレイになるんだったら、した方がいいでしょ。あなた、整形してもっとキレイになって。その方が売れるわよ」

吉村さんが私の背中を押す。

「じゃあ、ここにサインしてくれる?」

私は領収書にサインをした。

これで私は一〇〇〇万円を得た。いろんなものと引き換えに。

それは、一四歳で家出をして以来の、大きな転機だった。


私は青山にある美容整形外科を訪ねた。

することと自体には何故か恐怖も抵抗もなかった。でも、痛いのは嫌だ。痛いのが嫌でピアスの穴さえ開けられないほどだったのだ。身体にメスを入れると聞いただけで卒倒しそうになる。条件として全身麻酔にしてもらった。

こぎれいな診察室に通され、ベッドに寝かされる。普通は部分麻酔を打って、鏡の前で、胸の形とか大きさとか細かく選ぶ。でも、それだけはできなかった。手術をするなんて想像をさせないでほしい。

体内に注入される透明な食塩水の固まりを見せられた。その後、手術の同意書にサインした。

ベッドに横たわった。

「一から一〇までゆっくり数えて下さい」

「一、二、三……」

天井のライトがぼやけ出し、メスやハサミの金属音が徐々に遠のいていく。医者の声が、かすかに聴こえる……。不思議と気持ちがよかった。

気がつくと、上半身は包帯でぐるぐるまきだった。

親からもらった大事な身体に傷を……、なんて感傷はまったくなかった。化粧がうまくいったときのような誇らしさだけがあった。

＊

人はそれぞれの価値観で他人を判断する。

でも、所詮すべては自分の意識だ。どんなに人から「綺麗」とほめられても、自信がないと、「ありがとう」と素直にいえない。ひどいときは、「嫌味をいわれている」「おちょくられているのではないか」と、被害妄想的に受けとってしまう場合もある。他人の評価に惑わされず自信を持って生きている女性が、ほんとうの素敵な女性だ。わかってる。

でもそれが難しい。

強がっても、ほんとうの自信を持つことは難しい。だから自分をよく見せようと見栄を張ったり、着飾ったり、いい女のふりをする。

それでもダメなら整形をする。私にとって整形は魅力的なことだった。ただ自分として綺麗でいたいだけ。自信を持ちたいだけ。そのためには手段は選ばなかった。なぜなら、いずれ身体は消滅してしまうから。その時よければそれでいい。

「決めちゃったんだ」

アダルトビデオ女優の契約を決めると、友達にハッキリいった。友達からはさんざん「やめなよ」と止められたけれど、私が他人に決意を口にするときは決めてしまった後だ。私は決めたことを笑いながら伝えた。

「愛、AVやるって本当?」

私がアダルトビデオに出ることを聞きつけた綾から電話がかかってきた。彼女はホステス仲間で唯一、自由が丘の実家に住んでいて、両親とも仲がいいお嬢さんだった。

「うん、本当だよ」

「やめなよ、そんなこと。絶対」

「どうして?」

「だって……」

「でももう決めちゃったんだ。お金もいるし」

「……AVやるんだったら、愛、私、友達やめる。もう電話してこないで」

電話してきたのはそっちだろうと毒づきながら、何で？　と思った。

「私の友達がＡＶやってます、って他の人にいえると思うの？」

電話の切れる音を耳にしながら、「なんだ、自分のことじゃんかよ」と無性に腹が立った。自分が恥ずかしいから友達やめるわけね。自分が嫌だからやめろっていうわけね。そんな勝手な奴は、こっちから願い下げだ。

明美の一言はわかりやすかった。

「私はＡＶしろっていわれたらヤダな。でも、愛がするって決めたんなら反対しない。あなたの人生なんだから好きにしなよ」

＊

独特のいやらしい世界だった。

淫らとか、そういう意味でのいやらしさじゃない。人間のいやらしい部分、お金に対して貪欲であったり、汚かったり、そういう世界だった。

そんな世界の中でも、夢を持って、「いつか映画女優に」「テレビでドラマのヒロインに」と、アダルトビデオに出るのは芸能界に入る一つのステップだといってがんばっている健気な女の子もいた。

冷めていた私は、そんな健気な女の子たちを、健気というより、「頭悪いんじゃないか」そういう目で見ていた。

確かに、世間では、宮沢りえちゃんがヘアヌード写真集を出したりと、ヌードに対してのイメージが、芸術だ、アートだと、言葉を変えて評価されていることもあった。でも、AVはまったく違う。

「だまされてるんじゃ……」と気づきながらもだまされる。

将来の夢を抱いているのは女の子たちだけで、事務所の人間は最初からそんなことは考えていない。今、売れっ子だったり、芸能人よりもかわいい女の子たちも、みんな使い捨て。それが事実でも嘘を吐いて女の子たちを利用する。

「ビデオは、女優になるためのステップなの」

そういって、真剣な目をしたままメイク室の鏡の前に座る女の子がいた。

彼女もまた売れっ子のAV女優の一人。ロリ系というよりは、大人びた端正な顔立ちの美少女。愛くるしい笑顔と、どことなく品のある容姿がとても魅力的だった。あまりにもけばけばしく、いかにもというような子よりも、「こんなかわいらしい子がそっ……そんなコト」や、「こんなキレイな子がこっ……こんなコト」と驚くような女の子が乱れている姿の方が男性の性欲をかきたてるのだ。まさに彼女は男性の願望を満たす、天使のような存在であった。

純子ちゃんは、ブランド品やお金に興味があるわけでもなく、男にだまされ貢いでいるわけでもない。ただ、本気で女優になりたいと願い、洋服を脱いだ。彼女はどこか不信感を抱きながらも自分の夢を信じようとしていた。

「よく泣く子」だった。

やっぱり撮影現場はイヤなものだ。彼女のような純粋な子には耐えがたいことがたくさんある。

あるとき、メイクルームで彼女が話しかけてきた。

お給料制で、一カ月で手取り二〇万円そこそこしかもらってないという。それは別に事務所に対しての愚痴だったりとか、私に対しての相談というようなものではなく、ぼそっと吐いた言葉で、続きはない。

もちろん、私もしっかりお金は取っているつもりでも、大方だまされていたなんてこともあった。

例えば〝単体〟という言葉がある。〝飯島愛〟なら〝飯島愛〟という名前があって、その子一人で一本のビデオテープを撮る。そういう単体のできる女の子は、大体一本につき最低でも一〇〇万円ぐらいが事務所に入っていたと思う。売れっ子さんになると一〇〇万円どころか、何倍にもなる。それを、月に一タイトルか二タイトル発売する。そのほか、グラビアの撮影や写真集の撮影、Vシネマやプロモーションビデオ、営業などと仕事はたくさんあった。ただ、女の子の寿命が短いため、そういった慌ただしく忙しいのは半年から一年の間だけ。その間に大体、一〇タイトルから二〇タイトルぐらいのビデオを撮る。

その間で、稼ぐ人は億に届くくらいのお金を稼ぐ。それなのに、その中で、月に二〇万円そこそこのお給料でAV女優をしているなんて本当にひどい話だ。しかも彼女は〝単体〟の超売れっ子だ。

余計な口を挟むのはやめよう、そう思いながらも私は口を開いていた。いくらお金に汚い世界とはいえ、それではあんまりに可哀想すぎる。

「ちょっとそれはおかしいんじゃないの」

「いいの、私は女優になりたいから」

「でも、おかしいんじゃない？」

「……女優になるためのステップとしてこの仕事をしているからそれでもいいの」

純子ちゃんは真剣だった。

「がんばってね」

私は、そういった後、黙ったまま軽く彼女の肩を叩いた。こういう子がいるからこの業界は潤うんだろうな。経営者はおいしい。

＊

街頭で女の子が「タレントにならないか」と声をかけられ、だまされ、脱がされ、すべてを搾りとられてゆく……。そういった状況は今もまだ変わらない。いや、それどころかもっとひどくなっているかもしれない。

当時、私はAV出演を承諾したというだけで、一〇〇〇万円をドン！　と支払われ、「ちょろいモンね～」なんて調子にのっていたのだが、事務所に私を紹介した吉村さんが、紹介料として別に多額のお金を受け取っていたことは、後から噂で聞いた。それほど当時はAV業界も、バブル景気に踊っていたというワケだ。今はAVのプロダクションと契約しても、一〇〇〇万円というお金すら出ないことが多い。

景気がちょっと傾けば、女の子がいくら就職活動をしても採用先は見つからない。不景気の今の時代、AVやフーゾクは格好の就職先だ。

ところでフーゾクの中でも高級ソープ、つまり、七万円や八万円を取るようなお店だと、女の子には大体八万円で四万円のバック、七万円で三万円バックされる。大体、半額程度がバックされると思えばいい。それを一日、例えば売れっ子で一〇人のお客さんがとれたとする。これはあくまでマックスの数字。それで、三〇万円ぐらいの日銭を稼いで帰る。そして、次の日は休み。週の半分働いて週の半分休む。これで、数百万の稼ぎになる。でも、今は不景気だ。お客さんの足が少ないので、例えば、昼の一二時から夜中の一二時までの拘束の間、一人もお客さんをとれない日もあるという。

お客さんを一人もとれないということは、お店と家を往復した交通費が赤字になる。一人とっても実入りは三万か四万、二人とって七万円か八万円。一二時間拘束されてこのお金だ。それも、高級ソープの話。もっと安い店はいくらでもある。当然、実入りも少ない。それでも新人のうちは、新人優先でお客さんを紹介してもらえるけれど、その後は自分でリピーターを獲得していかないといけない。若い女の子はどんどん入ってきて、年をとっていればどんどん不利になっていく。

AVも似たようなものだ。短期集中。鮮度が落ちれば、商品として成り立たなくなる。何十年ずっと一線で続けている人なんて皆無だ。長くて二年。下手をすれば二カ月。それで寿命は終わり。ビデオが売れなくなってくれば、ハードなものへと内容が変わっていく。単体ではなく、ほかの女の子とのジョイントであったり、S

M的なものや、何人もの男性に回されたり、レイプものやスカトロなど、女の子の負担が大きくなるのとは逆に、ギャランティは下がっていく。

そのうちに引退して、浅草のロック座などのストリップ劇場に出演し始めるのが、お約束。フーゾク嬢に転身する人も多い。

そういった図式が当たり前の、汚くて、冷たくて、あまりに直接的な世界、それがAV界だ。逆に割り切れば稼ぎ倒すこともできる。

＊

そんな中にあって、申し訳ないほど私は〝お気楽〟だった。

なにしろ基本スタンスは「どうせやめる」で一貫している。AVデビューしたからといって、人気者になりたいわけでも有名になりたいわけでもない。そんなコトになれば逆に困るし、もしも途中で嫌になったらやめればいい。そんな気持ちでやっていたくらいだから、もちろんこの世界にはなんの期待も執着もなかった。あるのは「稼ごう！」ただそれだけだった。

だから、撮影現場でも、随分わがままに振る舞ったし、実際そのわがままも許された。

カメラさん一人に、音声さん一人。監督に助監督がいて、ADが一人。あとは男優だけ。一〇人にも満たないスタッフで、ホテルの一室で撮影を進めていく。

ＡＶ業界にとって、ＡＶ女優は商品だ。それだけに、ぞんざいには扱わない。口調も丁寧で、女王様にお伺いをたてるように進行していく。

「じゃあ、出会いのシーン、行こうか」

「そんなのいらないよ。どうせ、早送りされるよ」

「次、ここの台詞覚えた？」

「覚えてないよ。どうせ、早送りされるよ」

「だって、抜くだけでしょう？」

「いや、一応ストーリーがないと……」

「いや、オナニーにストーリーはいらないね」

こんな調子だった。

やることだけやってさっさと終わりにする。物語とか、芸術性とか、そんなものいらない。早く終わるに越したことはない。初めから私はこんな調子で撮影をしていたのだ。割り切っているから照れもないし、緊張もしない。いったん覚悟したら、裸になることに抵抗はない。

ファンからはよくこんな手紙が来た。

「飯島愛さんのビデオは手を抜いていますね。どれも同じに見えます」

当たり！　ドラマもシチュエーションも「いらない」と突っぱねて撮影していたから、どれもこれも似たような絵になってしまうのは当然。

全部観てる人もいるんだね。でも、イクとこはそういうシーンででしょう？　いいじゃん、君が観てくれてるんでしょ、抜くために。

通常AVは、二、三日かけて撮る。でも、私は自分本位の言い訳を並べて平然としていた。

「七時までに帰らないと、ピーコックが閉まっちゃう。お料理作らなくちゃいけないから、もう終わりにしてください」

「泊まりの撮影はダメ、ダメ。撮影は一日で終わり！」

そんなことをいっては、即行で家に戻る。

ビデオのパッケージ写真を撮る時もそうだ。

「何でビデオのパッケージ一個しか使わないのに、そんなに写真撮るの、一枚撮ればいいんじゃない。フィルム三本までしか撮りたくない」

「帰る！」

「あなたちょっと気にした方がいいわよ。わがままずぎて、スタッフから嫌われてるから」

私の態度を見かねたヘアメイクさんに忠告されても、私は変わらなかった。

＊

実はビデオの中で、私はセックス（本番）をしていない。いわゆる疑似ってヤツ。

「本番やるくらいならやめます」と事務所にいったところ、それがあっさり通ったのだ。

実際の撮影は、感情の入り込まない流れ作業のようなものだった。

その日の男優とベッドの上で、お互い裸で向かい合う。男優の唇が私の唇に吸い付いてくる。私は目を閉じる。強引に歯をこじあけられ、ねばっこい舌が口の中に入ってくる。次は胸だ。荒々しく胸をもみしだかれ、唇が乳首に移動する。舌が、乳首をねっとりとなめ回す。私はアエギ声を出してみる。

目を開けると、ライトが眩しい。

男優が私の上に覆いかぶさり、前貼りしたアソコの上で、腰をグラインドさせている。

「イイ、そこ、そこ」

「もっと、もっと」

「きて、きて」

「ほしい、もっとほしいの」

感じたふりを続けながら、自分が吐き出す言葉にワンパターンを覚える。それでも、他に口にすることがなくて、使い古された嘘の言葉を連呼する。

ＡＶでは日常茶飯事だ。そろそろいこうかな。早く仕事を終わらせようと、私は絶叫する。

フェラチオはちょっぴりキツかった。

セックスは疑似でもＯＫだったが、フェラチオに疑似はない。一日に何本も口に含まなくてはならない。演技する余裕もなく、私は苦痛に顔をゆがませた。

ただ不思議なもので、慣れてくると肉質を感じなくなった。ただの太い棒のように見える。舌をからませたり、テクニックを駆使することなく、機械的に口を前後に動かす。男優が感じていないこともわかる。どうせモザイクの入る絵だ。私はいつの間にか、必要以上に音を立てるワザだけ身につけていた。

愛のないセックスやフェラチオは、なぜこんなにも長く感じるんだろう。

AVでは最後のお約束で顔射をする。このアングルが一番なのであろう。卵の白身やオイルなどを混ぜて作った疑似精子をスポイトでとると、男優はそれをペニスを握る右手に持つ。さも、実際に射精したように見せかけて、その液体を顔にぶちまける。男優はそれを指でからめとると、口元に差し込んでくる。男優の指をしゃぶりながら、本物よりましだと言い聞かせる。

もちろん、本気で撮影している女優さんもいる。私にはない職業意識だ。ある意味、尊敬する。

もっと深くエロスを探究している人たちもいた。本気でオーガズムを感じて自我を解放する、ある有名な監督のビデオには興味があった。

が、出演はしたくはない。

ただ、撮影で訪れたSM専門のラブホテルの三角木馬、診察室、整然と並べられた大小様々なバイブレーター、3Pという設定、これらの世界に、私の奥の何かがピクッと反応した。すでに頭の中はいやらしい妄想が溢れていた。私の身体が何かを欲しがり疼いていた。でも、アダルトビデオの撮影で感じたことはない。

＊

デビューして間もなく、ビデオが出回らない前に、挨拶回りだといわれ、テレビ局に連れて行かれた。

テレビ局のビルにある喫茶店では、ちょっと中年太りになりかけた四〇代のプロデューサーが、ニコニコと笑いながら座って待っていた。深夜番組の担当だという。オヤジ同士のたわいもない挨拶、会話が続く。私は何もすることがないので、黙ってアイスコーヒーをストローですすっていた。

「で、木田さん。これがウチの新人の飯島愛です」
「よろしくお願いしま〜す」
「よろしくね。で、君っていくつ？」

「一九になりました」

またしてもたわいもない言葉が交わされ、どうやら一通り私の紹介は済んだようだった。

「いま丁度、番組の新コーナーのオーディションをやってるんですよ」などと、その後も仕事がらみの話をオヤジ同士はしていたが、はなから興味のない私は、他の客を物色しながらタバコをふかした。

木田さんと会ってから三日後、事務所の社長が「テレビに出ることになった」といってきた。

「明後日の午後一時にスタジオに入って。場所はマネージャーから聞いて。わかったら、よろしく」

AV出演は苦でもないが、親バレは嫌だ。だからテレビ出演なんてもってのほかだということは事務所に伝えていたのに、約束は反故にされていた。嫌だといっても誰も聞いてくれない。

「大丈夫。深夜番組だからさ。お家の人なんて誰も見ないよ。これも宣伝のうちなんだから頼むよ。愛だって売れた方がいいだろ、自分のビデオ」

売れようが売れまいが、私の取り分は変わらないのだけど、そのときはそんなことがわかっていない。売れたら売れた分、自分が儲かるような錯覚に陥っていた。

仕方なく承知して、スケジュールと場所だけを確認した。

当日、目が覚めたのはお昼の一一時だった。がんばれば間に合うが、私ぐらいいなくてもどうってことない。AVの撮影でも現場に遅れることは当たり前だった。要は時間内に撮り終えればいいのだ。タバコを一服すると、ゆっくりシャワーを浴びて、化粧して……。そうこうしているうちに、現場に到着したのは二時間遅れの午後三時だった。

スタジオに入った瞬間、「遅れてごめんなさい」とさえ口にできなかった。

何台ものカメラ、照明。何よりも大勢の人間が殺気だって動いている。ここは町工場のようなAV撮影現場とは違うのだ。誰も不用意ににやついていない。真剣そのものだ。

私は二時間遅れたものの本番には十分に間に合ったが、リハーサルをすっぽかした形になっていた。

「とりあえず、これ本番までに読んどいて」

険しい顔をしたディレクターから台本を渡される。中を開くとびっしりと文字が埋まっている。私は『Tバックで読むニュース』のコーナーに出演することになっていたのだ。

本番中のことは何一つ覚えていない。緊張も通り越して、自分が何をやったのかさえよくわからないのだ。AVの撮影は、自分が女王様、中心だ。皆、商品である私に気を使ってくれる。少人数の撮影ということもあって、緊張もしない。やることもはっきりしているから、余裕でのぞめる。しかし、テレビは違った。私は一つのコマで、周到に準備され、計算された中で動かされる。何よりも、かけているお金も人数も違う。私はその雰囲気に圧倒され、柄にもなく緊張してしまったのだ。心臓がバクバクするというのはこういうことをいうのだと、途中、妙に納得したことを覚えている。

「レギュラーになったからよろしく」

帰り際にプロデューサーの木田さんが声をかけてきた。

「レギュラーって何ですか」

そんなことも知らずにいたのだ。

私はまったく何もわからないまま、テレビに毎週出ることになった。それが深夜にやっていたテレビ東京系のお色気番組『ギルガメッシュないと』だった。

深夜だし、どうせAVなんてすぐやめちゃうからいいや。親にばれたくないけど、もう何年も会っていないし、日焼けしちゃってるし、昔と比べたら相当変わっている。ばれないんだったらいいや。

そう思ってテレビに出続けた。

開き直ると簡単だ。どうせやめると思っているから、本音でしゃべる。視聴者やテレビの人間にとってみれば、これほど面白いことはなかったのかもしれない。下世話な話でも下ネタでも、振られれば何でもしゃべった。もし、「芸能界で成功してやろう」なんて気持ちを少しでも持っていたら、もっと自分を繕ったり、よそゆきの自分で勝負するんだろうけど、元よりそんな気持ちはない。素人が、素人丸出しのまま、好き勝手に仕事をしていた。素人だから、何をやっても許される。何をいっても許される。私はただ、思ったことを口にするだけでいい。

ただ、いざ、テレビのレギュラーが軌道に乗ると、事務所の対応が変わってきた。それまでまったくなかった写真集の撮影やグラビア撮影に急遽、行かされたりもした。

テレビに出ていた他のAVの子は、ビデオの宣伝のために胸を出したり、番組中ビデオのワンシーンを流したりしてたけど、私の場合、Tバックで売り出していたこともあって、番組中に脱ぐことはなかった。写真集の宣伝も裸の写真は映さず、水着のカットだけ。どうやら、飢餓感を煽って、ビデオや写真を買ってもらおうという事務所の戦略だったらしい。

一〇月末にAVの話を受けて、翌年一月から『ギルガメ』に出演。最初のAVが発売されたのは三月だったが、それまでの三カ月間、何本もAVを撮りためていた。契約は、三カ月。もう終わりだ。彼もそれを望んでいる。

しかしそう思っていたのは私一人だった。

「もう三カ月だけ働いたら、前回の倍は最低保証するよ」

私は一瞬息を呑んだ。やめることを疑わなかった私も〝二〇〇〇万円〟には正直驚いた。最初の契約の一〇〇〇万円の倍。あと三カ月同じ仕事をするだけで、それが手に入る。人間いくら嫌だといっていても続ければ慣れてくる。こんなオイシイ話、他に転がっていない。

私は彼に相談せず、契約延長の話を許諾した。

街は冬にさしかかろうとしていた。

コートをはおる人がちらほら目立ち始め、赤や黄色に染まっていた街路樹の木々も、すっかり葉を落としていた。

タレント活動は順調だった。AVに出なくなった代わりに、芸能人の一人として徐々に認知されるようになっていた。

その日のテレビの収録を終え、いつもの見慣れた道をいつものように車で帰った。マンションの鍵を開け、玄関に座り込む。

「ただいま」

部屋の奥の彼に聞こえるように声をかけながら、ブーツを足から外した。コートも脱ぐと、ちょっと体が軽くなる。軽い足どりのまま部屋に入ると、出かけているのか彼はいない。

部屋の中を歩きかけて、私は体を固まらせた。いつもあるものがない！

彼の荷物がすっかりなくなっていたのだ。

彼はどこかへ行ってしまったのだ。ふたりで一緒に生活していた温かい空間が、冷たい空間に一変していた。

私は、倒れ込むように泣いた。子どものように声を出して泣きわめいた。

＊

一〇月三一日は私の生まれた日。

一九歳の誕生日に、私はクラブやディスコの友達を呼んで、パーティを開いた。

この日のパーティにあるのは、いつもの友達と、いつもの音楽と、いつものお酒。

すべてがいつもと同じで、当たり前のシナリオが繰り返される。飽き飽きするほど。

でも、それしかやることがない。そんな毎日に流されていた誕生日の日。誕生日なのにいつもと変わらない日。

しかし、変化は突然に訪れる。

智恵美が、私に耳打ちした。

「ねえ、トシちゃんがおめでとうって言ってたよ。彼、今、ロスに行ってるからパーティに来れないけれど、おめでとうって伝えてくれって」

敏之くんは、私たちがよく通っていたディスコのＤＪで、本場ニューヨークで活躍し、日本のクラブシーンに新しい風を吹き込みたいという夢を持っていた。彼と私は直接話したことはほとんどなかった。

智恵美や順子のつき合っていた男だったから、面倒くさいことになるのが嫌だったからだ。

だから、ほとんど言葉を交わしたことのない彼が、智恵美を通して私にバースデイのメッセージをくれたのは、ちょっとした驚きだった。

「ほんとう？　ありがとうって伝えておいて」

そういいながら、私の中で彼に対しての好奇心が頭をもたげた。彼はどうしているんだろう。私は遠回しに聞いた。

「どうなった？　最近、彼とは」

「もう全然友達だよ。ほとんど会ってないし」

智恵美が表情も変えず、平然と言い切った。

女の子は心と裏腹なことを口にする動物だ。プライドや見栄のためだけに嘘をつく。内心、半信半疑で私は「ほんとに？」ともう一度聞き返した。彼女はあっけらかんとした笑顔で答えた。

「ほんとうだよ。彼とはもう何でもないよ。ただの友達」

「じゃあ、直接お礼いってもいいかな。電話番号を教えて」

「いいよ」

智恵美はすんなりと教えてくれた。

敏之くんに会える。

私は彼のことを思い出していた。甘ったるい声、優しそうな笑顔。手が届かないと思っていた彼から、思いもよらないメッセージをもらえるなんて。

私はドキドキが収まらないうちに、電話をした。彼の部屋には電話が鳴り響いていたと思う。留守番電話のメッセージに切り替わった。

私はいつも本人が出たときよりも、留守番電話だったときのことを想定して、何て言葉を残そうか、ある程度考えてから電話をする癖がある。私の友達に、直接電話に出る人はいない。留守番電話で相手の声を確認してから出る。それが普通だった。男女の微妙なやりとりは、イコール留守電だった。

だから、女の子たちは、いつもどんなメッセージを残そうかと考えてから、電話のボタンを押す。もちろん、私もその一人。

「愛です。誕生日のメッセージありがとう。うれしかった。電話をください」

自分の電話番号を残し、受話器を置いた。

好きな男からのコールバックを待つ時間は、へんにソワソワする。絶対自信があっても、それは同じ。相手を好きでいればいるほど、期待感と不安感は募る。本当に電話をくれるか、それとも無視されるか。

杞憂《きゆう》は喜びに変わった。

彼からすぐに電話があったのだ。「会おうよ」と彼の包み込むような声に頷いて、私たちは一緒にご飯を食べに行った。ずっと心の中で憧れていた敏之くんとのデートは、ちょっとした幸せだった。

幸福は急激に深まることもある。

敏之くんはその日から自分のマンションに帰らなかった。

「一緒にいよう」

そういいながら、彼は私のひざ枕で私の表情を覗きながら毎日のように甘えてみせた。

＊

くたくたになって撮影から帰ってくると、部屋には明かりがついていて、大好きなトシちゃんが出迎えてくれる。彼との生活は、私のすべてを癒してくれた。

その彼が、突然姿を消した。

三日たっても、一週間が過ぎても、彼は帰って来なかった。

私は、毎日のように泣いた。

生放送もばっくれた。つけたテレビからは司会者が、「愛ちゃん、怒らないからおいで」と呼びかけていた。

マネージャーからはひっきりなしに電話がかかってきたが、取ることもできない。「マンションのそばにいる」と電話の向こうではいっていた。

悲しくてもお腹は減る。作る気力もない。

私はピザ屋に出前を頼んだ。しかし、到着したピザを受け取るのにドアを全開にすると、「そばにいる」というマネージャーに踏み込まれるかもしれない。チェーンロックをしたままドアをほんの一〇センチだけ開けて、ピザを縦にして受け取った。リビングに戻って箱を開くと、ピザは片方に寄って、見るも無惨な姿になっていた。チーズとパン生地の塊を口に運びながら、私は何も考えられず呆然としていた。

ふたりは、すれ違いの生活の中で、交換日記をつけていた。

1991.11.4

今日からトシちゃんと二人で暮らすの。
愛ちんが男の人と一緒に生活したいと思ったの、本当に久しぶり。
今まで好きな人ができなかったわけじゃあないけど、
でも、毎日を一緒に過ごすなんて考えられなかった。
まだ、お互いに仲よくなって一カ月ほど。
でも愛は好きで好きで……、一秒だってあなたを離したくない。
この先色々なトシちゃんの一面に惹かれて気持ちは高まる一方でしょうね。
トシちゃん、愛はずっとずっと、あなたを愛し続けます。
寂しい思いや辛い思い、させないでくださいね。
愛だけのトシちゃんでいてください。

1991.11.11

トシちゃんにHOTケーキを焼きました。
トシちゃんと一緒にいる時間が一番幸せ。
ああ、早くNew Yorkに住みたいな。
待ち遠しいです。
But　今は仕事で頭がいっぱい。
ヤダ……………。
自分で決めたことだけど。

1991.11.11

無職を初めてやってしまって数カ月。早く落ち着いて仕事をしたい。
N・Yに住みたいと思うばかりで、忘れがちだ。
いろいろ迷惑をかけて、愛ちん、ごめんなさい。

早くＮ・Ｙに留学して愛と向こうで生活がしたい。
それまで頑張って働いて金を貯めたいです。
今は何かと生活が落ち着かないけれど、ちゃんと将来を考えていこうと思う。
愛ちんと結婚するもんね。ぼくは愛ちんを愛しています。ぼくの愛ちん。

今日は黒いホットケーキを食べました。
おいしかったです。

1991.12.25

今日は最高にＨａｐｐｙだったよ。短気、直すからずっとそばにいてほしい。
今まで直そうと思ったことなんてなかった。
愛ちんと一緒に歩いて……本当は楽しいはずなのに。
オレの短気のせいで、昨日はゴメン。
絶対愛を誰にも渡さないと心に誓う。

ちなみに新宿の夜景を見ながら。
ぼくは熱いパツイチ、お見舞いしたのだった。

1991.12.27

トシちゃん、いつでもそばにいてね。
トシちゃんと一緒じゃあないと、
愛の夢はかなわないし、幸せになれないから。

1992.1.18

最近お仕事が大変で大好きなトシちゃんと過ごす時間がほとんどありません。
忙しいです。
Ｂｕｔ　トシちゃんはいつもお家の中で
おかたずけをして待っていてくれます。
ありがとう。

愛ちゃんの好きになったトシちゃんは、優しくて、とってもいい人で……。
本当に幸せです。
絶対に絶対にトシちゃんだけは、愛ちゃん、誰にも渡さないよ。
愛ちゃんの大切な大切なトシちゃん。
最近……ごめんね。

1992.1.19

全然最近一緒にいる気がしない。
起きて話をしている時間なんかほんの一、二時間。
仕事だからしかたないけど、寂しい。
今までずっと何をするのも一緒だったからなおさらだけど、
離れたくないし、離したくない。
早く帰ってきてちょうだい。
イヤだ。

寂しい。
一人でメシを食うのは、もうイヤだ。最近一緒にご飯も食べてない。
早く、オレ一人の愛になってほしい。寂しいよ、愛ちん。

1992.2.4

トシちゃん寂しいよ。
愛ちんのトシちゃんは彼Pなのに、何故こんなに遠いんですか?
バリ島からトシちゃんのこと思っています。
トシちゃん、愛にはトシちゃんが大切です。
これからもずっと大切です。
お願い、愛をおよめさんにして。
他の女の子にトシちゃんだけは渡したくないし
一生、愛ちんはトシちゃんのそばにいたいのです。
本当にお願いです。

1992.2.4

前にも増して一人でいる時間が多い。
たまに気が狂いそうになる。
早く何とか落ち着きたい。
とてもつらい。
このまま愛がどこかに行っちゃうんじゃないかと
悪い方ばかりに気が行ってしまう。
我慢しなくちゃいけないと思うんだけど……。
つらくて、つらくて、情けねーと思いつつも、落ち込んでしまう。
そばにいて、お願いだから。
誰にも渡せない、絶対渡さない。
本当に愛してんだ、初めてだよ。
すんごくつらいんだよ。

いつも一人だよ。
浮気なんかしてないよ、いつも一人だよ。
情けないけど、つらい……。
無職だし、将来見えねえし、自分がイヤだ、キライだ。
だけど今のオレにできることは、愛のことを待って見守ることだけだ。
今のオレには愛しか見えねーよ。
一生、一緒にいたいよー。

1992.2.17

お願い、そばにいてください。
別れる方向に考えないでください。
今も、これからも、あなたがいない生活なんて考えられない。考えたくないよ。
愛のしてることは彼女として最低なことで、何もいえる立場ではありませんね。
でもトシちゃんのこと思う気持ちゃ、二人で過ごす時間は普通の女の子だし誰にも負けないくらい愛してる。
忙しくて、彼女としてあなたにしてあげられないことたくさんあるけど
でも一人で寂しい時間を与えてしまっている分
休みのときは二人で楽しくできるよう、今まで以上に努力しようと思うの。
まだ知り合って三カ月ほどだけど、色々な思い出いっぱいあって……。
この先、二人でしたいこともいっぱいあって。
もうトシちゃんのいない生活は本当にイヤです。
どうしていいかわからないもの。
せっかく本当に大切に思える、大好きな人ができたのに……。
優しくされても、そばにいてくれても、今までは不安だった。
幸せな分、いつこの幸せがくずれるのか、考えると不安だった。
だからもう先が見えそうで
トシちゃんが頭の中から離れていかないよ。
絶対にイヤ、別れない。

愛はトシちゃん以外、もう一生こんなに人を愛せないから
ずっとずっと愛し続けてください。

1992.3.8

相変わらず部屋で愛を待つ毎日が続く。
ここ最近、毎日がやたらと長い。
渋谷にレコードを買いに行ったが全然いいレコードがなくて、つまらない。
今は何をやってもつまらない。
早く愛をあの世界から解放したい。
N・Yで新しい生活がしたい。
そうしたら今のこの殺伐とした気持ちは落ち着くだろう。
だけど、今のこの状態は本当にイヤだ。
早く月日がたってほしい。

1992.3.18

ゴメン、オレが間違ってた。
今の仕事、好きでやってるわけないよね。
それなのにいつも自分の感情押しつけて……。
仕事でも何だかんだいわれて、しかもオレのことで……。
家に帰ってきてもオレにいわれてイヤだったんだろうね。
ごめん。
仕事をしないのも、オレが結局愛に甘えていた部分と
自分で逃げていた部分が正直あったと思う。
早くオレの方もはっきりしないとね。
信じてください。
浮気なんかしてないし、愛してるし、将来もよく考えるから。

1992.4.1

トシちゃんどうして嫌がるの？
どうしてそんなに嫌がるの？
私たちは合わないの？
寂しいよ……。
私の気持ち、受けとめて。
入れたいの。
あなたのお尻の穴に私の舌を入れさせて。
神さま、お願い。

1992.4.4

愛ちん、寂しいよー。
早く帰ってきてよー。
つまんないよー。

1992.6.16

大好きなトシちゃんの子どもだから、産みたい。
すごく悲しいね。
でも、自分たちには今、子どもを産んで育てることができません。
無責任な愛たちが悪いの。
絶対に産みたかったの。
もう二度とこんなこと、ないようにしようね。
将来、NewYorkで生活して、何かを得て、そしたら今度は
愛が妊娠したことを喜んで下さいね。
今回の子どもの分も大切に育ててあげようね、トシちゃん。
愛にとっても子どもにとっても、いいパパさんになってください。
これからも愛だけの大切なトシちゃんでいてね。
もうすぐ、毎日一緒にいれるよ。

1992.6.18

愛ちんごめんね。
いつも謝ってばかりだね。
何て言っていいのか、悲しいし、かわいそうだし
オレが無責任だった、真剣に反省している。
今は何て言えばいいのかわからない。
子どもにはごめんなさいとしか言えない。
今度そのときが来て、子どもが産まれても、もう一人
生きているはずだったことを忘れずに生きていこうね。
いつもお前にだけつらい思いをさせてしまって本当に情けない。
オレができること、一生かけてつぐないます。
でもオレも本当に欲しかったんだよ。

1992.6.30

ただいま、トシちゃん。
手術終わって帰ってきました。
愛は元気だよ。
もう本当に、赤ちゃん、殺してしまった。
悲しいね。
ごめんね、赤ちゃん。
産んであげられなかった私をうらんでください。
トシちゃん、愛はだいじょうぶ。
だから赤ちゃんにだけ、申し訳ないとあやまってください。

1992.9.30

寂しいのは相変わらず。

ここ何日かだけど、小さなささいなケンカ、多いね。
相変わらずオレもぐちぐちしちゃってるし、たまに不安になってしまうんだよね。
愛が冷たいとね。
男だからそんな小さいこと気にするなって思ってるんだけど、いってしまうんだ。
愛とつき合い始めてから、本当のオレの性格って
何なんだろうって思うようになってきた。
強いのか、弱いのか、優しいのか、冷たいのか。
今まで好き勝手やって人を傷つけてきた。
ばちがあたってるくらいだったら楽だけど。
もう、昨日までのイヤなことは忘れよう。
もっと男らしく、大人になって愛を包んであげよう。
愛のいいところも悪いところもすべてわかったうえで、愛していよう。
一日一日平凡でもいい。もっと二人でいる時間を大切にしてあげよう。
愛ちん、もっとオレ、大人になるからずっと一緒にいて。

年をとって楽しかった、幸せだったといえるようなつき合いをしようね。
オレのそばから絶対に離れていかないでね、愛してるよ、愛ちん。

1992.10.1

愛ちん、今日も一人だよ。
早く帰ってきて。
寂しいよー。
寂しいよー。
一人だよー。
やだよー。

＊

耐えられなくなり日記を閉じた。

彼から電話はなかった。

彼はどこに行ってしまったのか、何をしているのか。まったく情報も入ってこない。私は仕事を休み続けた。

それでも、二週間もたつと体も心も慣れてくる。ようやく仕事に復帰し始めた。さらに、一週間がたち、二週間がたち、一カ月を過ぎる頃には、少しずつあきらめを覚えていた。泣き出すと涙が止まらないけど、泣く涙をこらえるということを、私は学習した。

今までは、彼に対して負い目があった分、友達とのつき合いも仕事上の人づき合いもせずにまっすぐ帰宅していた。でも、もう待ってくれる彼はいない。早く帰っても家の明かりはついていない。

私は家に帰り着く前に、友達に電話し、街に繰り出した。派手な服を着込み、大勢とバカ騒ぎをする。今までの私がさんざんやってきたことだ。

「お世話になってます」

街に出ると、サインや握手を求められる。自分がどういう立場で、今、世の中でどういうふうに認知されているのかをライブで実感した。もちろん、女の子に認知されるような媒体ではないから、ほとんどが若い男の人だったけど、ちやほやされ、少し気持ちがよかったことも事実だ。

一、二年、連絡をとらなかった男友達とも、恋人と別れたことを告げ、連絡をとるようになった。なぜ別れたかなどを話していると、やはり涙声が電話の向こうに聞こえたのか、男友達が心配をして、話を聞いてあげるからと、私の自宅まで夜中来てくれる。

私は、今まで恋人ができたからといって友達を粗末にしていたことを申し訳ないと思った。友達ってほんとうに大切なんだなと、恋人を失って気づいた。そして少しだけ、優しい友達に囲まれている自分をうれしく、幸せに感じた。

でもそれは勘違いだった。

男友達は、私の彼が出ていったことを知ると、当然のように覆い被さってきた。

「やめて」といおうとする私の唇を強引にふさぐ。

一瞬、信じられないと相手を疑ったけど、彼に一途だった私が、そんなことを忘れていただけで、私は、そういう環境の中にいたことを思い出した。今までこうやって生きていたのだ。

恋人とのわずかな幸せな時間が純粋な心を与えてくれていただけだ。

そう気づくと、私は反抗するかわりに、相手の舌を強く吸い、後ろに手を回した。どうせこんなものなのだ。そのまま体を沈め、自分のあえぎ声に寂しさを紛らわせた。男友達と身体を重ねあわせることで、彼の占めていた場所を埋めようとしていた。

でも　埋まらない。違う。埋まらない。

きっと今までだってそうだった。

寂しさを埋めるために体を求めた。
体だけでも求められている実感が欲しかった。
愛する人に満たされぬ想いを、
愛する人が彫った溝を、他の誰かで埋めようとしていた。

Ⅳ

仕事はいよいよ忙しくなってきていた。

もう二三歳。芸能界にデビューして五年目を迎えようとしていた。

最初の頃は、出演者やディレクターに「終わったら飲みに行こう」と誘われると、「絶対、コイツら下心あるよな」と思っていたが、気づいた頃、私はそんな対象ではなくなっていた。

「あのコメント、どうかなあ」

「えっ……まずかった？」

自然と仕事の話をしている自分がいる。いい加減にこの業界で生きていたつもりだったのに、冗談ながらも仕事の話をしている。

「お前、いい加減に空気読めよ」

「ごめん、外してた？」

「お前ももうセクシー系の姉ちゃんじゃないんだから、少し考えて仕事しろよ！」

「喋りがダメなら、また脱げばいいじゃん！」心にもないが、そう言い返す。

「無理」といわれ、

「うっそ〜じゃあ、どうしたらいいの‼」と落ち込む。

「だからさ……」

腰掛けのつもりだったのに、いつの間にかこの世界が好きになっていた。

芸能界で活躍している人たちはみんな、個性があって、華があって、人を魅きつけるものを持っている。

一視聴者としてブラウン管を通して見ているときは「何でコイツ、売れてんの」とか「つまんねえ番組」とか「このタレント、バカじゃねえの」と悪態をついていたが、いざ自分がやってみると、その難しさを知る。幸か不幸か、真面目に向かい合ってしまっている自分がいた。

「やべえな、保守的になってきたかな」

そんな頃に、自宅に思いもよらない人から電話がかかってきた。ちょうど仕事を終え、ソファーにぐったりと倒れ込んだところで、その電話が鳴った。私はいつものように、留守電のメッセージに切り替わるまで放っておいた。

「お姉ちゃん？　あなたもしかしたらテレビ出てる？　出ていないでしょうね。帰ったら電話ください」

スピーカーから漏れてきたその声は母の声だった。どんなつてをたどったかは知らないが、母は私の自宅の電話番号を知っていたのだ。

私は受話器を取らなかった。

一四歳で家を飛び出してから、九年がたとうとしていた。

「何のテレビ観たのかな？」

一体どこまで知ってるんだろう。そのことがまっ先に頭に浮かんだ。

私はお臍のところにホクロがある。AVに出ていた時、親にバレないよう、ホクロにファンデーションを塗って撮影に臨んでいた。日焼けサロンにも通っていたし、髪の毛も茶色だから随分変わっている。その上、年齢と生年月日も変えた。こんなコトがバレたらただじゃすまない。

怒られる。

そして今日まで、バレていないと思いながらも細心の注意を払っていたが、それは単純に怒られるからではなくなっていた。

「世間体」を連呼する親にとって、娘がAV嬢という事実はショックだろうし、AV嬢の親なんてとにかく申し訳なさすぎる。自分で好きに生きていく代わりに、親には迷惑をかけたくなかった。

電話を見つめながら、芸能人になれるからと騙されてやったことにしようかとあれこれと考えた。しかし、言い訳をしなくちゃマズイのは全て過去の話だ。今の私に後ろめたさは何一つない。

指が覚えているダイヤルをプッシュする。

「現在この番号は使われておりません。もう一度お確かめになって……」

ん？　どうしてつながらないんだろう。何度やってもかからない。

私は、局番の前に三をつけるのを忘れていたのだ。家を出てから随分経ったことを実感した。

好きな人と親に電話するのは、いつでも緊張するものだ。

「はい」

当時と変わらない母の上品な声が、受話器から聞こえる。久しぶりに聞いた母の声に、不思議と怒りは感じなかった。一〇代の頃なら、声を聞いただけでムカついていたのに、今は懐かしささえ感じる。

「私、ですけど……」

「……ああ、お姉ちゃん」

元気なの、と落ち着いた声が返ってくる。言いたいことは山ほどあるけど、どう切り出していいか、お互いにわからない。数分たどたどしい会話が続いた。

「あれ、やっぱりお姉ちゃんだったの」

私がテレビに出ているというと、母は納得したようだった。何でも、随分前に弟の健太がエッチな雑誌を持ってきて、「これ、お姉ちゃんじゃない？」といってきたそうだ。日焼けした女の子がTバックのお尻を突き出していた。母はその写真では、ピンとはこなかったらしい。最近、クイズ番組に出ている姿を見て、確信したということだった。

「そのときは『違うでしょ』って笑い飛ばしたんだけど、あれもそうだったのね」

ため息まじりに聞こえた。

「あなたが何をしようと元気なようだから……」

「うん」

「でも、家族や親戚に迷惑がかかるようなことはね。ちゃんと考えて行動しなさいね。まあ、とにかく、一度、帰ってらっしゃい」

「うん」

私は自分でもびっくりするほど素直に返事をしていた。受話器を置いた音が部屋に響く。まだ、両親に対するわだかまりはある。でも、彼らが私の両親であるという事実は変えられない。とりあえず、今度の正月は帰ろう。そう思った。

*

一つのことが流れ出すと、いろんなことが動き出す。

懐かしい友人から事務所に電話があったのもこの頃だ。

「森という方から電話があったよ。急用なので、電話をくれって。なんだか石川さんという方が云々、といってたけど、知っている、この人？」

「知ってるけど…」

マネージャーの報告に私は訝《いぶか》りながら答えた。

こういう商売柄、事務所には、私あてのいたずら電話やファンの人からの電話が時々ある。そこで必ずマネージャーが、相手の名前と連絡先を聞き、私に知っているか、知らないかを確認させてから、私の方がコールバックをするという形をとっていた。ただ、ほんとうに親しい人間は、私の携帯や自宅の電話番号を知っているから、事務所にまでかけてこない。

恋人も、友達も、仕事中に連絡がとれない私をつかまえなくちゃいけないほどの急用は、今まで一度もなかった。まさか、こんなイタズラ電話はないだろうと思いながらも少し悩んでいた。連絡をくれた森さんとも、随分ご無沙汰しているし、まして石川さんとは絶縁状態のままだったからだ。

二度と顔も見たくないと思ったぐらい憎んだ石川さんと接触を絶ってから、いったいどれほどの年月がたったのだろうか。

いま思えば彼は恩人の一人だ。

なにがあったんだろう……。

マネージャーがメモった電話番号に、至急、電話をした。

昼は海へ出向き、逆三の潮焼けした芸術品を鑑賞しながら砂浜で焼く。

石川さんは、湘南の海に蛍光グリーンのビキニのパンツ、スキー用の目全体を覆い隠すような大きいサングラスで、

「俺って、見られてない?」

と自信たっぷり、波打ち際をモデル気分で歩くのがお馴染み。恥ずかしいけどその後ろを、ある程度の距離を保って苦笑いでついていくしかない。

彼に連れていってもらわないと、湘南までの足がない。

夜はディスコ、日焼けした肌を露出して店内に網を張る。

石川さんは、左手を腰に当て、右手を上に突き出して、ぎこちないリズムでステップを刻み、

「俺って、見られてない?」と踊る。

その姿を「石川ダンス」と名づけて、遠目でからかった。恥ずかしいから決して

一緒には踊らないけど。

彼に連れていってもらうと、VIPルームでおごってもらえる。

石川さんの自慢は車だ。六本木の交差点で、ユーロビートをガンガンに流しているのは、大抵石川さんの車だ。

「うわ〜最低。気づくなよ、こっちに」と逃げるから、プッ、プープー。

「愛〜、どこ行くの♪」と気づかれる。

サンルーフつきのベンツの新車を買って、それを全開にして第三京浜を走る。どんよりした曇り空。雨天決行の新車お披露目会。

「気持ちいいだろ？」気持ちいいワケないだろう！　雨がひどくなってきた。

「あの〜、冷たいのは気のせいかな……？」

「あっ、本当だ！　寒い？」といって暖房を強に入れてくれた。

そうじゃない。サンルーフ閉めてくれ。

私の腕に輝いていた二〇〇万円相当のショパールの時計。一五〇〇万円相当のブラックミンクの毛皮。これは明美が着ていたシルバーフォックスの八匹使いの毛皮が羨ましくて、どうしても欲しくて石川さんから借りたお金で買ったもの。

「本当にありがとう。頑張って働いて少しずつお金を返します」

ウソばっかり。部屋を借りたときの敷金、礼金すら、まだ返し終わっていない。

感謝の気持ちはその一瞬のためにある。

自分がしてあげたコトは忘れないのに、してもらったコトはすぐ忘れる。

＊

「石川さんが死んだよ」

森さんは確かにそういった。

原因は不明。自宅で下着一枚、パンツ一丁でリビングで倒れていたのを、何日後かにご両親が発見したということだった。

誰に聞いても、彼の死の原因は不明だった。

とてもじゃないが、自殺をしたと思われるような状況ではなかったらしい。自殺を図るような理由もわからなければ、他殺の様子もまったくない。

悲しい事実。

石川さんはまだ三〇代前半だったはずだ。

家出娘の私を自宅に置いてくれたが、代償に身体を求めてはこない。未成年の私に部屋を借りてくれたが、代償に身体の関係を求めてはこない。無職の私に多額のお金を貸してくれたが、代償に身体で払えとは言わない。

理解できなかったけど、それに甘んじていた。石川さんの存在は便利だった。

私たちと行動を共にしない日は、不思議といつも若い男と一緒に遊んでいた。

今さらだが考えてみれば、石川さんが連れていたのは、皆ウリセンがらみの男だった。森さんもそういった店の店長だった。信一も京介もそこで買われていた。

〝友達〟と紹介された人は、実は皆そうだった。

彼は時折、私が働いていた銀座のクラブに、お客として現れた。

「今日はごちそうします」

「当たり前だろ、誰のおかげでここまでこれたと思ってんだ」

甲高い笑い声が鼻につく。何度となくそんな腹立たしいことがあったが、我慢した。お金を借りているという負い目があるからだ。そして、すでに返す気などはないからだった。もう、遊ぶお金ぐらい十分稼いでいたから、仲よしの友達と出かける。

高級品や大金が欲しければ、もっと金持ちがたくさんいて利用できた。

私には石川さんの存在が必要ではなくなっていた。

自分でも気づかないうちに、自然に彼からフェードアウトしていた。

「いままでの貸した金、全額返せ」石川さんが急に請求してきた。

「…………」

ついにきたか…………。

この件には触れないようにしていただけで、お金を借りた事実はある。

返済はしていない。いつかはいわれると思っていた。

「返せない」とだけいった。それについて彼が応える。

私は石川と寝た。

彼は実はゲイではなかった。

「もう、部屋を出よう」と決めた。

それが最後だった。利用してばかりいた。そう接することしかしなかった自分を責める。他の人も同じようなつき合い方をしていた。それでも、彼は、皆が離れていくことが、寂しかったのではないか。私たちは、思い思いのことを口にし、自らを責め、反省することによって、また、自分を肯定していた。


人は死ぬ。

死んでしまったら、恩を返すことはできない。

死んでしまったから恩を感じただけだ。

＊

「愛、できちゃったの」

明美は確かに、受話器の向こうでそう言った。

「マジで？　病院につき合おっか。大丈夫？」

今までそうだったように、自然にそう返していた。同情した声に彼女は笑いながら言った。

「堕ろさないよ」

「は？」

私は疑問符を残して、彼女の言葉に耳を傾けた。

「産もうと思うの」

＊

明美のお誕生日プレゼントに、私は、バイブをあげたことがある。冗談のつもりだったのに、素直に喜んでそれを持って帰った。あくる日、事件は起きた。ずっと好きだった男性が部屋に泊まりに来てくれた夜、酔っぱらっていた彼女は彼の前に仁王立ちになった。

「いいものあるんだけど使ってみない?」

明美の片手では、バイブが激しく「ウィーン」と音をたてて動いていた。

次の日、夕べの記憶をたどり、二人で大爆笑しながらランチを食べ、隣の客に顔をしかめられたこともある。

長くつき合っていた恋人とけんかをして、「もう私たちは終わりだ」と泣き叫びながら人の部屋までおしかけてきた。「死んでやる」と包丁を振り回した明美は、シカトしている私をにらみながら冷静に「……とめてよ」といった。そして二人で腹をかかえて笑った。

別の日には、私の部屋のベランダから「死んでやる」と飛び降りようとした。

「四階だから死ねないかもよ」と助言をすると、「……骨折ってつらいよね」。そういって笑った彼女をまた思い出す。
五、六〇〇万円じゃきかないようなホワイトゴールドのローレックスの時計を私の目の前にジャーンと出し、「いいでしょう?」と思い切り自慢をする笑顔の彼女も今ではかわいく思える。

寂しいときは、いつも彼女が傍にいた。恋人のいない独りぼっちのクリスマス。明美が彼氏と一緒にエクレアを持って私の部屋に遊びに来てくれた。抱きつきたいぐらいうれしかった。でも、そのエクレアは彼女が一人で食べていた。言いよってくる男は山ほどいるのに、「想いが伝わらない」と悩んでいることもあった。六本木のバーで働いている彼に会うために毎日のように通い、せっせと電話をする。念願かなって泊まりに来てくれたのに、「手を出してこない」と悩む明美。

「おかしいんじゃない、そいつ」

女の友達で集まると、恋愛相談のはじまりだ。

「きっとなんか欠陥があるんだよ」

「何?」

「早漏だよ」

「いや、インポでしょ」

みんなひと事だと言いたい放題だ。

「すごい好きだから、うかつに手を出せないってこともあるかもよ。下手にセックスして大切なものを失いたくないって気持ちは、ちょっとわかるな」

「そんなやつが六本木で働いてっか?」

本音とも冗談ともつかぬことを言い合って笑う。

彼氏とうまくいかないで、愚痴を電話で聞いてもらった夜。彼氏と家で食事をしようとしていた明美は、家に誘ってくれたこともあった。

「しゃぶしゃぶをしようと思ってるんだけど、二人じゃつまらないからさ、もしよかったらおいでよ」

二人の時間を邪魔しちゃいけないんじゃないかという遠慮もあったけれど、明美は「来て来て」と、私に遠慮するすきを与えないように無邪気な台詞を連発してくれる。

「じゃあ、行ってもいい？　ありがと」

一人で部屋にいることなんてできなかった私は、友達っていいなあと、そう心で感じた。しかしその瞬間、

「じゃあ、愛。悪いんだけど、しゃぶしゃぶ用の牛肉、三人分買ってきてね。二人で首を長くして待ってるよ」

何てやつだ、こいつは。

「じゃあ、行かねえよ。何だそれ」

「必殺お肉ゲッチュー作戦です!!」

そして、案の定、彼女の計画どおり、しゃぶしゃぶ用の高い肉を手土産に彼女の家を訪ねた。

彼と彼女はすっかり鍋の用意を済ませ、私ではなくお肉を待っていた。明美も明美なら、彼も彼だ。

「よかった。愛ちゃんが来てくれなかったら、今日うちは野菜鍋だったよ」

そう言いながらも、彼女たちと騒いでいる時間、嫌なことを忘れて笑っていた。そうなのだ。彼女はいつも周りに気を使い、それでいて気を使わせない、そんな女の子なのだ。

年をとるごとに色気も増す彼女の外見とは裏腹に、明美は非常にサバサバとしたストレートな性格だった。

「今日エッチしなかったら、四八日間もしてねえぞ。テメェ、早く帰って来いよ」

恋人の会社にそんな電話をするのは日常茶飯事。

でも、一方で傷ついている。

「愛、あたしさ、セックスアピールないのかな」

長年つき合っている彼と夜の営みがない。とても寂しい。私そんな色気がないのかなあ。他に女性がいるのかな。

さばさばしたように見えても、いろんなことに悩んでいた。

私たちはそんな話に同性同士で盛り上がる。

「女は受け身ばっかりじゃいけないいんかなあ」

「奉仕してあげる日も必要なんじゃないか」

昨日の激しいセックスののろけ話から、下手な男と寝た後、オナニーしたくなる時はないか、あんなことしてみたい、こんなことされたいなど、何でもありだ。

「その気にさせよう大作戦！」なんて、タイトルをつけ、策略を練り、その結果を報告し合ったりした。

練りに練った下着作戦の最終兵器は、赤いTバックのレース下着。私がAVの撮影でもらったいやらしい下着だ。視覚で興奮する男性は、赤い色に弱い。「これでいつもと違った夜を演出する」「これならば絶対成功する」とはしゃいでいたのだが、結果はバツ。

彼女は家に帰るなり、テレビゲームをしていた彼の目の前にお尻を突き出し、「どう？　私ってセクシー？」ってウインクしたらしい。ステージクリア寸前で視界を塞がれた彼が怒らないわけがない。

「愛ちゃん、怖いから変な下着、お土産で渡さないで」と彼に注意をうけた。

明美に、子どもができた。

父親は、ショーパブのダンサー。休日はサッカーチームに所属している彼の応援に、毎週日曜、お弁当を作ったりしていた。

私は、結婚に反対した。彼の器はわからないけれど、収入は明美の方が明らかに上だ。何を比較しても、失うもののほうが多い。

「やめなよ、明美。今の生活落とさないとやってけないよ」

明美は不倫をして苦しんでいた。その直後、この男に出会った。

人は、寂しかったりすると、誰かに重心をあずけて寄りかかりたくなる。この人だったら、一生優しくしてくれる。この人といたら寂しくならない。そう信じ込んで、お互いに寄り添いあう。でも、そんな期待をかければかけるほど、人間関係は難しくなる。ましてや、男と女。世界で一番不安定な関係であることは、十分承知しているはずだ。

「大丈夫、幸せになるよ」

明美は力強く言い切った。

「愛、心配しないで。私は絶対、幸せになる。そう決めたんだ」

自分のことは自分で決めることだ。私は少しおせっかいなのかもしれない。

「おめでとう……」

なぜか、涙がいっぱい、溢れてきた。

悔しいわけじゃない。嬉しいわけじゃない。多分、私は明美をとられる気がして悲しかったのだ。

今まで勝手気ままな自由な一人暮らしをおたがいにエンジョイし、ともにいろんな修羅場をくぐり抜けてきた。おたがいの記憶の中心にいる大親友。その明美が、結婚をして子どもを産むということは、今までの二人の関係にピリオドが打たれたと確信した。

「本当におめでとう」

これじゃ、結婚式の新婦の父親だ。涙が止まらない。明美のいろんなことが私の頭の中いっぱいに描かれ、映像化されていく。勝手に次から次と。

「おめでとう」

涙が止まらない。

「愛、何で泣いてんのよ」

「あんたが泣いてるからでしょ」

「ほんと、何泣いてんだろ、二人」

「幸せになんなよ」

「ありがとう、愛」

＊

明美は、かわいい女の子を出産した。

「遊びに来てよ」

明美からはそんな留守電がよく入っていた。芸能界の仕事が忙しくなっていたのも事実だったけど、時間なんて作ろうと思えば作れる。でも、私は明美のために時間を作ろうとはしなかった。

親友だったはずなのに、私の方から一方的に疎遠になっていく。

私が神奈川にある明美のアパートをたったの一度も訪ねないうちに、彼女たちは離婚をした。

「忙しい」といって、彼女と連絡をとらなくなっていた私に、二人の離婚の経緯や心境はわからない。ただ、明美が妊娠したことも、出産したことも、もちろん結婚したことも、経験したことのない私にとっては、明美の気持ちや立場は到底理解できなかった。「やっぱりね」とさえ思った。

今までの明美や私たちの生活は、贅沢三昧だった。欲しい物は必ず手に入れた。山のように買い物をし、自由な体で、勝手気ままに過ごした毎日。結婚すれば当然それは変わる。家庭を顧みなくなる旦那、誰も知り合いのいない旦那の地元での質素な生活。私たちと遠く離れた地で、彼女はつらい日々を送っていたらしい。

でも、それは自分が選んだ道だ。

私はそう思って、彼女に辛く当たった。旦那が変わり果てていくのも、明美の描いた理想像が崩れていくのも、全部、自分が選んだ道じゃないか、と。

離婚をしたいという彼女からの相談にも私はつれなかった。

「結婚や離婚なんて、簡単にするものじゃないでしょう。離婚するなら、きれいに別れた方がいいけど、結婚するときにもう少し考えなさいよ。結婚はあなたが選んだことなんでしょ？　旦那が変わったんじゃなく、あなたが変わったような気がするけど」

「愛は変わっちゃったね」

明美はそういって電話を切った。

＊

離婚から一、二年して、久しぶりに明美と話をした。

明美も二五歳。一児の母だ。すっかりお母さんになっていて、子どもの話をたくさんする。しかも、私が子どもが苦手なのを知っていてわざと話すのだ。いたずらっぽい目で。ＰＴＡにも入ったりして、活動しているとか。そして、運動会、遠足、教育、先生、近所のお母さんたちの話。

何にでも甘い香水を振りまき、ケバケバしいスーツで一緒に男を漁っていた友達も、いいお母さんになった。ただ、目の前の明美を見ていると、なぜか不思議と「明美らしいな」と思った。無理しない自然な形で、お母さんをやっている明美。

昔から、年下で、仕事もしないでふらふらしているだらしない私を、お姉さんとして小言をいったり、心配したり、怒ったり、助けてくれた彼女が、そのまま子どもを産み、育てているだけなのかもしれない。


理想と現実は異なる。女性は、出産し、家庭に入れば、当然自由がきかなくなる。母親になっていくかわりに〝女性〟は失われていく。

でも、男性は結婚しても、さほど変わらない。本来は、父親として、夫としての自覚を持たなくてはいけないんだろうけど、独身時代と同じように会社に行き、友達と酒を飲み、夜中に家に帰ることもできる。女性は、夫婦生活や家庭生活にロマンを抱いているもの。帰りが遅かったり、あんまりかまってもらえないと、ストレスが溜まり、次第にかみ合わなくなることは多い。

彼女はそれでも一歩前に踏み出した。幸せをつかもうと、あえて困難な道を選んだ。『サザエさん』じゃあるまいし、時間は動いている。「今が幸せ」と思っていても、時間はそれを永遠には許さない。

明美の妻としての不安、主婦としての辛さ、母としての難しさは、その人が置かれている立場や状況を考えれば理解してあげることができる。すべてを理解なんてできないけど、少なくとも、話を聞いてあげることはできる。

男の論理かもしれないが、私は自分が自立することで精一杯だった。仕事をしていないやつが、何文句いってるんだ、と思った。

「早く帰ってこない」「相手にされない」

旦那へのグチは、自分への批判のように聞こえた。

欲しいものは何でも手に入れて華やかな生活を送っていたかに見えた明美。彼女が残した言葉は深く私に突きささった。

「一番欲しいものは手に入らなかった」

＊

「浦和のオジさんのところの子、今度、証券会社に就職するらしいわよ。最近、あの業界どうなのかしらねえ」

「へえ」

「小学校の頃よく遊んでた子、ほらなんていったっけ、角の美容室の子。今度結婚するんだって。もう二四歳だもんね」

「ふーん」

その日も、母のどうでもいい近況報告から始まった。茶の間の机を挟んで向かい合いながら、とりとめもない会話をする。親戚の息子が就職した話。弟の話。近所の子が結婚した話。

私は一年に何度か、実家に帰るようになっていた。

ふと、明美のことが頭に浮かんだ。

明美は誰と話ができたんだろう。彼の地元で、同性の友達もなく、夫の帰りをひたすら待つ。赤ちゃんと一日中向かい合い、愚痴をこぼす相手もいない。

「ねえ、ところでさ、お母さんはいくつでお嫁に来たの」

「あっそう。私を生んだのは何歳？」

「二三歳よ」

「次の年だから二四歳」

今の私と同じ年だ。

母も、明美と同じだったんだ。

母は二三歳でこの家に嫁ぎ、今の私と同じ二四歳で私を産んだ。

まったく友達も知り合いもいない東京に、四国の田舎から一人嫁ぎ、歯を食いしばってきたのだ。

右も左もわからない。エリート揃いの親戚に囲まれ、亭主関白の父は、母が自分に従って当然と思っている。昔からの友達なんているはずがない。しかも、小さい頃の私の記憶の中の母は、いつも家にいた。

親戚の会話といえば、子どもの自慢話。有名な学校への進学や成績のよし悪し。子どもの成績で母親の価値を測られる。

私の失敗は母親の失敗だったはずだ。すべての私の教育をまかされ、祖父の面倒もまかされ、息抜きをする場所もグチる友達もいないまま、嫌な思いをたくさんしてきたはずだ。でも、どうにかお利口さんの優秀な人間に成長してほしいと思う気持ちとは裏腹に、私は育っていく。ことあるごとに母はその責任を責め立てられていたのだ。

子どもの頃、オシッコに行きたくて夜中に目を覚ますと、母が布団の中で泣いていたこともある。

「もう別れます！」

母の甲高い声に目を覚まし、不安に思った夜もあった。でも、朝起きると、みそ汁の匂いがして、いつも通り朝食の仕度をしていた母の姿に、

「夢だったのかな？」と思い、安心した。

母の眉はいつも吊り上がり、その目でいつも私を睨んでいた。私はずっと「睨まれていた」と思っていたが、彼女はいろんな周囲のプレッシャーと孤独感に、目を吊り上げずにはいられなかったんだ。私が非行に走ったことで、父からも周囲からも責められたはずだ。彼女はずっと独りで戦ってきたんだ。目を吊り上げた必死の形相で。穏やかな顔などしている間もなかったんだ。それなのに私は……。

「ごめんなさい……」

自然と言葉がこぼれた。

「ごめんね、お母さん……」

「どうしたの？」

「大変だったんだよね。私にはきっと耐えられない。お母さんが私を産んだ年になって、初めてわかった。それなのに、私、ずっと恨んでた。でもね、私もつらい思い、してたんだよ。お母さんにほめてもらいたいって、ずっと思ってたんだよ」

なぜだろう。涙が止まらない。頬があたたかい。

「……ごめんなさい。謝るのはお母さんの方よね。ごめんなさい。私が間違っていた……」

これまで「私の育て方は間違っていない」としかいわなかった母が、「間違った」――そういっている。

「でもね、あの頃は本当に大変だったの。ごめんなさい、何をいっても言い訳ね」

「………」

母の嗚咽が聞こえてくる。

「お姉ちゃんに愛情をちゃんと注いでやれなかったかもしれない。ごめんなさい、お姉ちゃん……」

「お母さん……」

バカみたいにずっと二人で泣いていた。言葉なんていらない。

幸せな涙だった。涙を流すたびに、何かがはがれ落ちた。

「ごめんね、ごめんね」

母の消え入りそうな声が、嗚咽の中にまじっている。

私は、母にずっと愛されていた。二四年たって、私は初めてそのことに気づいた。

＊

父親の手元にあるグラスにビールをつぎ、そして母親にもつぐ。私のグラスには父がつぎ、家族で乾杯をする。誰も過去の話や、大変だった、つらかった、悲しかったなどという愚痴を吐くこともない。ただ友達のように会話を弾ませる。

「パパー」

二五歳も過ぎて、私は父に甘えてみせる。小さい頃、「パパ」「ママ」と呼ぶと叱られ、「お父さん」「お母さん」と呼ばされてきた私が、今じゃ「パパ」「ママ」だ。「パパ」と呼ぶたびに父は相好を崩す。

「そうだ、これ見てくれよ」

父が母と二人っきりで行った山登りの写真を持ち出してくる。

「これが南アルプスだろ。これは霧ヶ峰かな。これは蔵王だ」

写真には、ちょっと照れてかしこまっている父と母が写っている。でも、写真の中のぎこちない笑いの中に、幸せが垣間見える。両親の山登りの記念写真なんて見てても面白くないけれど、私はうれしそうに話している二人を見るのは好きだ。

父は昔から山好きだ。小さい頃、いやいやながら家族でハイキングに行ったことを覚えている。遊園地、動物園、毎週日曜日になると家族でどこかに出かけていた。ウィークデーは家族を養うために身を粉にして働き、週末は家族サービスにいそしむ。嫌々ではできないことだ。自分が働く身になって、初めて父の愛情表現の仕方がわかった。シャイな父は、行動で必死に愛情を伝えようとしていたのだ。

今では仕事の悩みなど、男としてカッコ悪いことを正直に私に話してくれる。私を大人として認めてくれているからだ。

私も今、父を認めている。

「パパは浮気をしたこと、ないの？　ホステスさんにハマッたことは？　愛人つくったことは？」

「全部ない」

母の前で、答えづらい質問を次から次へと投げかける私。そっけなく答える父。

「そんなわけないだろ」

ぞんざいな突っ込みを入れる娘に固まる母。小学生だと思っていた下の弟が、電気かみそりでひげをそりながら苦笑いをしている。

「ママは浮気したくなったことは？」

「何バカいってるの」

「姉ちゃん、そんなことより、金貸してくれ。借金あるんだよ」

「何生意気いってんの。体でも売ってこい」

弟は出した手を引っ込めずに、笑っている。

「稼いでるんだからちょっと分けてくれてもいいじゃん」

「だったらケツでも貸してきなさい。二丁目の店紹介しようか？」

男でも売春できるシステムを細かくわかるように説明をしてあげる。母は怒ったけど、父は知らん顔。

「さすがいうことが違うね」

弟は意味深な言葉を残して、その場を立ち去った。何だかちょっと嫌な空気をつくってしまったみたい。でも、私は本気でいっている。借金の返済は自分でするものだ。例え体を売ってでも、借りたお金は自分で返済する。それが私が思う「人の道」だ。

「もし、お父さんが浮気したらどうする?」

母にいじわるな質問をぶつける。

「こんな年の男を相手にしてくれる人がいるわけないじゃない。浮気したいんだったら、どうぞご自由に」

とサラッと流す。

「おれだってモテるんだぞ」

強がるかわいい父。

「まあ、金払えば幾らだってどうにもでもなるよね」

いつからこんなくだらない会話をいいあえる家族になったのだろうか。

＊

母は、私が非行に走り、家出と補導を繰り返していた当時、日記をつけていた。実家で何気なく見つけたそのノートの中の声は、当時の私には届いていなかった。

私は母のノートを開いた。

九月二八日

学校遅刻。帰宅ＰＭ七時。必ず月曜日は学校にスムーズに行かない。問いつめたがなぜか理由はいわない。登校させるために、父は会社に遅れる。

一〇月三日

「タカちゃんと動物園に行く」といって出かけるが、行かず。上野のショッピング街で遊び、ＰＭ九時帰宅。嘘をついたやましさもないようだ。

一〇月四日

弟たちの運動会で、娘一人留守番。主人の背広のポケットより、四〇〇〇円?消える。PM四時に遊びに出て、PM九時帰宅。

一〇月五日

学校は時間通り登校。ただし昼、「熱がある」?と早退。

制服を着て「目の上のいぼを治療する」といい、健康保険証と二〇〇〇円持って出かける。念のため病院にいってみると、診療に来てないと看護婦さんがいった。

PM六時を過ぎても帰宅せず。結局、PM九時三〇分帰宅。

一〇月七日

友だちのキヨミちゃんが家に戻ってこないと電話あり。キヨミちゃんを探しにPM一〇時頃、自転車で出る。「お母さんも一緒に」といったが、本人は受けつけず「そんなうるさいから私も出たくなるんだよ!」と出て、そのまま帰らず。

一〇月八日

授業参観があるにもかかわらず、朝帰ってこない。母親の気持ちも知らず、昼に戻ってきて、制服で出かけ、一度帰り、私服に着替えまた出かける。夜、遅し。

一〇月九日
制服で出かけ、一度戻り、私服でまた出かける。「悪いことしない。すぐ戻ってくる」これが口癖になる。出かけてはいけないと注意してもきかない。夜一一時TELあり。鷺沼の友人の家に泊まるという。タクシーで帰るようすすめたが帰らず。
一〇月一〇日
PM四時帰宅。帰るそうそう友人からTEL何度かあり。安藤くんと約束しているらしく、「出さない」という父親に泣いてわめく。「帰ってきたら少年院でも鑑別所でも、どこへでも入れればいいでしょ。友達が入ったけど、少しもよくなって帰ってないからね。私だってよくないよ！」
一〇月一一日
昼一二時三〇分まで寝てすぐ出かける。
夜一〇時三〇分、公園よりTEL。アケミさんがタバコを吸ったのを斎藤くんが手を出して止めて、みんなとケンカになった。斎藤くんが「自殺してやる」と飛び出したからみんなで探していて遅くなった。まだ見つからないが私だけ帰るという。しかし帰宅せず。
一〇月一二日
前日の理由で学校を休む。昼になっても帰らず。斎藤くん宅へ出かける。下級生の男の子一人とミエコちゃんと娘は、斎藤くんの部屋の押し入れに隠れる。部屋はタバコの臭い。斎藤くんの説得で廊下に出て話すも反省なし。夕方帰宅。
一〇月一三日
学校で教頭先生、渋川先生に今までのことを詫び、今後真面目になると約束する。
一〇月一六日
ところが、一五日にまた外泊。主人も激怒、死にものぐるいで殴る。懸命にかばったが相当殴られた。主人は身体の不調を訴え、夫婦で子どもの更生のむつかしさに、つくづく悲しい思いをした。
一〇月一七日
顔が腫れくちびるが青ざめる。しかし遅刻しながらも登校。何とか先生にわかってほしくてTEL。先生も「お父さんがそれほどまでに悲しい思いをし、お母さんも努力をしている」と本日の遅刻は認められた。珍しく塾に通う。
一〇月一八日
アケミさん親子とお寺に合格祈願の約束をしながらすっぽかし、遊びに出かける。
一〇月二三日
悪友の安藤くんと会う。「タカちゃんはお母さんと同じで小言ばかりいって、勉強しろ、夜遊びするなとうるさくて仕方ない。あんな奴、むかつくから別れてきた」と珍しく、早く帰宅。これはチャンスと思い、「そうね、別れなさい」とすすめる。
一〇月二四日
塾に行かず夜遊び。八丁目団地の六号棟か？　斎藤くんの家か？　ミエコちゃんの家か？　娘の嘘は続く。安藤くんとつきあっていないどころか、会っているらしい。夜一一時四五分。浅草にいるから帰るとＴＥＬあり。
お金の取り方、うまくなる。一週間前は箪笥の上にあった祖母のタバコ代金を、後ろ向きで上手にとる。二〇〇〇円。本日は会社用の金庫から一万円札とる。父親は指の一本でも折らなければ直らないと激怒。人のお金に手をかける癖はどうすればなおしてやれるのか、頭を痛める。
一〇月二五日
連絡なし。帰らず。
一〇月二六日
朝七時四五分帰る。食事せず学校に行く。ＰＭ六時、学校より帰宅。塾に行かず、二丁目団地で、女子二人、男子六人とたむろしていた。
一〇月二七日
学校で高校進路説明会。学校から帰ると手提げ金庫を壊し、中の現金約一〇万円、通帳三通。夜帰宅。友達に七万円返済したという。友達の住所、連絡先を教えない。もう少年院か。渋谷で通帳、現金を預け、明日、駅で会うことを約束しておきながら、彼女のＴＥＬも住所もわからないという。誰かが立ち会って事実を確かめるという約束をする。
一〇月二八日
下校時ＰＭ三時三〇分頃に本人と会い、祖父の通帳と残りの現金を返してもらったと帰宅。あれほど一緒にといったにも関わらず、自分で処理してきた。

一〇月二九日

朝起こすといつになく「ハーイ、起きてるよ」と返事をする。正直に登校し、下校も順調。塾にも行く。帰ってきて家で漢字の練習をしている娘を見て、今日一日とてもうれしかった。ここ一年、こんなに気持ちのいい日は一日とてなかった。娘が素直で中学生らしいとこんなに家の中が明るく楽しいものかと、涙が出るほどだった。

私がほんの少しだけいい子だった日が、父と母にとってはこれほど嬉しかったなんて全然気づかなかった。私は父や母の発する一言一言がうざったかった。平気で嘘をついたし、平気でお金もとった。タバコもシンナーもやったし、男とも寝た。それがカッコイイと思ってた。私は不幸な子だと思っていた。でも、そのことで、母がこんなに苦しんでいたなんてまったく気づかなかった。

母の日記はまだ続いている。

一〇月三〇日

誕生会はやらないといっていたが、明日誕生会をやりたいと、願い出る。夜遊びもしない、ディスコも最後にする、という。夜一〇時三〇分迄に帰宅という約束で許可を出す。友だちに電話をしまくる。

一〇月三一日

三〇日の約束に基づいて催す。PM一〇時三三分帰宅。「一分でも遅れないと約束した」といって怒るが、父と祖母が大目にみて注意にとどめる。

一一月一日

祖父の法要。真面目に行動する。

PM三時、中学生とは思えない服装で出かける。父は「なぜ出した」と怒る（祖母が、日曜は遊ばせて平日はしっかりとさせたいと願って許可を出す）。

夜一一時過ぎ、TELあり。「プレゼントをたくさんもらった。これから帰るけど怒らない？」と聞くので「早く帰ってこい」と叱って電話を切る。娘、帰らず。

一一月二日

中学ぐらいは卒業させてなんとか高校に通わせたいと思っているが、あきらめるときが来ているような気がする。家族揃ってなんとか娘を立ち直らせたいと願っているが、今にも力尽きそうで挫折感に襲われる。もし高校に行かない場合は勘当をも考える。

夜一一時、地元の子たちとまた誕生会を催し「またみんなにプレゼントもらっちゃった」とＴＥＬあり。主人が「早く帰ってこい」とやや注意をしながら返答。

やはりその夜帰らず。

一一月四日

結局、一、二、三日と続けて外泊。連絡なし。ノイローゼ気味になり、昨晩、夢の中でも非行に走る娘を見て、深夜ひとりで泣く。

太田さんの両親と打ち合わせて、八丁目団地の裏、六号棟、七号棟、公園、橋の下を探す。タカちゃんとラーメン屋にいるのを見つけ連れ戻す。帰っても家にあがらず、反省もかわいさも一切なし。

隣りの中学校から、娘の通う中学校の職員室に、セツコやヒカリらと娘がシンナーをやっていると報告あり。

PM五時、カウンセラーの先生と面談。今後、同じ事をした場合は少年院に入れてもいいという承諾書に印を押す。

一一月五日
相変わらず朝起きず休校。しかしミエコちゃんは登校している。同じ悪い子と思っていたが、この点はミエコちゃんに感心する。我が子の意気地なさには、情けなさと悲しみが止まらない。しかしぐっすり寝かせてと思い、登校をすすめない。
AM一一時、起きてきて髪を洗い、出かけようとする。学校を休んだときは、遊びに出かけるのと長電話だけは許したくない。にもかかわらず、止めようとする私に「てめえ、どけっていってるのが、わからねえのかよ！　ぶっ殺すぞ」と机の上に足をのせてゆするようにする。殺されることなど何も怖くない私は「殺したかったら殺しなさい」と答える。本当にこの子が自分の育てた子だと思うと、

にきたよう

残念。そうとう悪になっていてもう手が届かない。やはり来るべき時がきたように思う。少年院か施設に入れる時期が来たんだと覚悟する。

塾から「もう何もできないので」と断り気味なＴＥＬあり。

午後三時、歯医者の予約なので家を出す。やはりすんでも帰ってこない。鈴木くんは午後九時帰宅。北川くんは家にいないとのこと。またシンナーをやっているようなら警察に連れていかなければならない。

それにしても七日は面接の練習だというし、八日は高校の試験だ。母としてはもうあきらめているが、担任の先生はこの高校に受からないと、他の一般試験は受からないという。私はそれでももう仕方ないと思う。今の時代、中学しか出てない子がどんなにバカにされるかも知らないで。しかし私は、もうあの子を全部あきらめたい心境に陥る。

どんなにがんばってもがんばっても反抗するばかりで私には嘘ばかりつく。ものを買ってあげたときしか感謝せず、しかもこの感謝も偽りの感謝と知った以上、打つ術なし。中学卒業と同時に家から独立させるという父の考えに沿うつもり。

嘘ばかりで約束は守らない。勉強は全然しない。学校を休むのは平気。この子を一体どうしたら助け出せるのか。

もう無理。限界に終わる。明日からは学校にも起こさないつもり。これからはあの子自身が自分の進路、大切な人生の進路を決めるでしょう。堕ちてしまう人生も自分が選んだ道だ。私たち夫婦は三年間戦い、眠れない日を何日も迎え、何とか何とか努力したが、今日、自分の身体に限界を感じた。これから年をとっていくだけに、これからは弟に力を入れ、母としてがんばっていきたいと思う。精神的にも肉体的にも楽をしたいと切に思う。少年院に入るのも、中学を中退するのも、卒業して就職するのもよし。みんな自分で決め、自分の責任でやるべし。

ノートはそこで終わっていた。

「ごめんなさい」

何度謝っても足りない。溢れ出す涙を止めることができず、文字がぼやけてきた。

「人を傷つけるのならば自分が傷ついたほうがいい」という言葉があるけれど、そんなふうには思えなかった。自分が傷つくのはつらい。傷つけるのは痛くない。

でも初めて素直にこの言葉を受けとめることができた。父と母にだけは。

＊

「パパ、はい、ビール」

「おお、ありがとう」

「ママもまだ飲むでしょ」

「そうね」

「パパもママもいまが一番幸せなんじゃない？　弟ももう手がかからないし、問題の不良娘もいないし」

二人は笑って顔を見合わせている。

私は遠回りをして、家族や恋人や友達の大切さを知った。

愛されていることを実感できる人は、他人を愛することができる。

私に大切なのは愛することだ。

エピローグ

私の好きな昔話がある。

神様が人を創り、様々な心の働きを埋め込みました。

ところが、うっかり〝羞恥心《しゅうちしん》〟だけは入れ忘れてしまった。

でも、もう人のかたちをなしている。

入れ忘れてしまった〝羞恥心〟をどうやって埋め込もうか。

悩んだあげく神様は〝羞恥心〟に「ここを通って入ってくれないか？」と頼んだ。

そこは本来、体の外へなにかを排泄する為の穴だった。

〝羞恥心〟はそれを嫌がり拒んだらしい。

「では、条件をだそう。今後さらに他のものが入って来たら、すぐに出ていってもよい」

神様はそう約束した。

ふと思い出した。
私の純粋な愛情を拒んでいた彼のこと。寂しかったその瞬間の気持ちを。
「こんなにも愛している」私の純粋な気持ちを受け入れて欲しかった。
そして「愛されていないのかな？」と不安を憶えた。
ハートが欠けた音がした。

私はいつも探し続けている。
生まれた時からずーっと探し続けている。
ピッたりと重なり合うことができるハートを作れる相手を。

でもなかなか見つからない。
焦って不安で寂しくて無理やり何かを合わせてきた。
完璧なハートなんて絶対に創りえないことに気付いてしまった。
それでも私は溶け合いたい。

セックスしているときだけが限りなくひとつになれる気がする。
ボタンが一つ一つはずされるたび、
心が少しずつ脱がされていく。
裸の私はそして想う。

愛する人の身体は愛しい。
本来、汚らわしいと感じる場所ほど愛しい。
あなたの醜いところも愛撫していたい。

プラトニック・セックス

2000年11月20日　初版第1刷発行
2001年1月10日　　　第6刷発行

著　者　飯島　愛
発行者　遠藤 邦正
発行所　株式会社　小学館
〒101-8001　東京都千代田区一ツ橋2-3-1
電話　編集　03（3230）5954
　　　制作　03（3230）5333
　　　販売　03（3230）5739
　　　振替　00180-1-200
印刷所　文唱堂印刷株式会社

ISBN4-09-379207-0　

パパ、ママ。こんな娘でごめんね。